FLÜCHTIGE BEKANNTE

Thomas Weiss

FLÜCHTIGE BEKANNTE

Roman

BERLIN VERLAG

Die Arbeit an diesem Roman wurde gefördert vom Trustee Programm EHF 2010 der Konrad-Adenauer-Stiftung sowie dem Ministerium für Wissenschaft, Forschung und Kultur des Landes Brandenburg.

Der besondere Dank des Autors gilt Nick Schröder, Inka Parei, und Uta Niederstraßer, ohne die dieser Roman nicht die vorliegende Gestalt hätte.

MIX
Papier aus verantwortungsvollen Quellen
FSC® C083411

Umschlaggestaltung: ZERO Werbeagentur, München
Typografie: Birgit Thiel, Berlin
Gesetzt aus der Garamond und der Futura von Fagott, Ffm
Druck und Bindung: CPI books GmbH, Leck
Printed in Germany
ISBN 978-3-8270-1211-1

www.berlinverlag.de

FLÜCHTIGE BEKANNTE

Insel der Lotophagen, 1145 v. Chr.

Und neun Tage trieb ich, von wütenden Stürmen geschleudert
über das fischdurchwimmelte Meer; am zehnten gelangt' ich
hin zu den Lotophagen, die blühende Speise genießen. Allda
stiegen wir an das Gestad', und schöpften uns Wasser. Eilend
nahmen die Freunde das Mahl bei den rüstigen Schiffen. Und
nachdem wir uns alle mit Trank und Speise gesättigt,
sandt' ich einige Männer voran, das Land zu erkunden,
was für Sterbliche dort die Frucht des Halmes genössen:
Zween erlesene Freund'; ein Herold war ihr Begleiter.
Und sie erreichten bald der Lotophagen Versammlung.
Aber die Lotophagen beleidigten nicht im Geringsten unsere
Freunde; sie gaben den Fremdlingen Lotos zu kosten.
Wer nun die Honigsüße der Lotosfrüchte gekostet,
der dachte nicht mehr an Kundschaft oder an Heimkehr:
sondern wollte stets in der Lotophagen Gesellschaft bleiben,
und Lotos pflücken, und seiner Heimat entsagen.
Doch ich zog mit Gewalt die Weinenden wieder ans Ufer,
warf sie unter die Bänke der Schiffe und band sie mit Seilen.
Drauf befahl ich und trieb die übrigen lieben Gefährten,
eilend von dannen zu fliehn und sich in die Schiffe zu retten,
dass man nicht, vom Lotos gereizt, der Heimat vergäße.
Und sie traten ins Schiff und setzten sich hin auf die Bänke,
saßen in Reihn, und schlugen die graue Woge mit Rudern.
Also steuerten wir mit trauriger Seele von dannen.

Berlin, 16. November

Wir hatten Verspätung. Vor vierzig Minuten hätten wir starten sollen, stattdessen saßen wir an diesem Gate und warteten. Ich versuchte mit dem Laptop auf dem Schoß zu arbeiten, tat mich aber schwer, unkonzentriert, wie ich war. Als ich sah, wie sich die Frau vom Bodenpersonal hinter ihrem Desk zum Mikrofon beugte, glaubte ich natürlich wie alle anderen auch, es ginge endlich los, dann ihre Durchsage, der Sektor sei immer noch überlastet, unser Abflug verschiebe sich um weitere dreißig Minuten.

Sofort setzte allgemeines Gemurmel ein, manche schüttelten den Kopf und verzogen ihr Gesicht, mir ging es nicht anders, es nervte einfach, vor allem weil spätestens jetzt klar war, dass ich meinen Anschlussflug nach Djerba verpassen würde. Ob es spätere Flüge gab, wusste ich nicht, wahrscheinlich würden wir erst gegen acht in Tunis ankommen, vorausgesetzt, wir kamen überhaupt irgendwo an.

Ich ging zum Desk, um mich zu erkundigen, und erhielt nach einem Blick auf den Monitor die Auskunft, zwei weitere Maschinen würden an diesem Abend noch von Tunis aus starten, ich könne ganz beruhigt sein.

Zurück auf meinem Platz war ich überhaupt nicht beruhigt und fragte mich, was eigentlich mit mir los war. Die Frau vom Desk hatte völlig recht, ich hätte es mir bequem machen und entspannt abwarten können, es spielte absolut keine Rolle, ob ich zwei Stunden später in diesem Club auf Djerba ankam oder nicht, Maren lief mir nicht davon, sie hatte keine Ahnung. So oder so würde ich sie frühestens am nächsten Tag treffen, wieso also diese Unruhe, die ich schon seit Tagen spürte, statt mich auf eine Woche Mittelmeer im November zu freuen, mit Palmen, Sonne, Sand und Meer. Schließlich hätte sie auch in Alaska sein können, bei minus fünfunddreißig Grad und Schneesturm, oder in der Wüste Gobi, oder sonstwo.

Um auf andere Gedanken zu kommen, beschäftigte ich mich erneut mit meiner Kritik von *Atmen*. In ein paar Tagen musste ich liefern, aber alles, was ich tippte, löschte ich, kaum dass ich es durchgelesen hatte. Dabei gefiel mir die Story über diesen achtzehnjährigen Freigänger, der ausgerechnet durch einen Job bei der Wiener Bestattung im Leben wieder Fuß fassen wollte, schwarzer Humor eben, den ich witzig fand. Meine Bewertung stand fest, ich gab dem Film vier Sterne, trotzdem fiel mir nichts Vernünftiges ein, ich konnte mir den Kopf zerbrechen, wie ich wollte.

Nach fünf Minuten klappte ich das Laptop endgültig zu, es hatte einfach keinen Sinn.

Das Gate voller Menschen, man saß dicht an dicht, umgeben von Taschen, Tüten und Mänteln. Irgendwo anders hinzugehen war unmöglich, weil sofort Trennwände kamen, wir waren regelrecht eingepfercht. Ich hasste diesen Flughafen mit seiner engen Zweckmäßigkeit und stellte mich an eines der Fenster, um mir etwas Luft zu verschaffen.

Draußen war Nacht, Betrieb auf dem Vorfeld im Flutlicht bei Nieselregen. Seit Wochen nasskaltes Wetter, auch tagsüber wurde es nicht richtig hell, dafür eine diffuse, weißlich graue Schicht am Himmel, die einen wahnsinnig machte.

Auf einem Zug aus Gepäckkarren weichten Koffer durch.

Am Desk rührte sich noch immer nichts.

Um etwas zu tun, ging ich zur Toilette und wusch mir die Hände. Das bleiche Gesicht, das mich aus dem Spiegel über dem Waschbecken anglotzte, passte eigentlich nicht zu mir, im ersten Moment erschrak ich geradezu. Ich hätte mich rasieren sollen, irgendwie wirkte ich ungepflegt, fiel mir auf, bevor ich meinen Blick abwendete und mir dabei zusah, wie ich meine Finger einseifte.

Am Gate stand ich wieder unschlüssig mit den Händen in den Hosentaschen.

Dann endlich die Durchsage, unsere Maschine sei nun zum Einsteigen bereit. Sofort sprangen alle auf, weil es keiner mehr erwarten konnte.

Wir schwenkten auf die Startbahn.

Ich war erleichtert, als wir abhoben. Kurz konnte man noch die Lichter am Boden erkennen, bevor wir in den Wolken verschwanden.

Später gab es Laugenstange mit Butter. Auf dem Klapptisch vor mir stand das Laptop, ich klickte Fotos von Badfliesen durch, die mir Anne extra noch abgespeichert hatte. Die nächste Versammlung unserer Baugruppe sollte zwei Tage nach meiner Rückkehr stattfinden, dann mussten wir Details nennen. Ich hatte vor diesen Zusammentreffen jedes Mal ein ungutes Gefühl. Der Bau war eine Belastung, auch wenn ich es nicht zugab. Anne steckte den ganzen Ärger besser weg, ich dagegen rechnete immer mit einer Katastrophe. Riss in einer tragenden Wand, Insolvenz der Baufirma, Nässe, die nicht richtig austrocknete, und kurz nach dem Einzug schimmelten die Wände, alles Mögliche konnte passieren. Man wusste einfach nicht, worauf man sich einließ, ich glaube das war es, was mich am meisten bei der Geschichte störte. Es war nicht zu kontrollieren, unmöglich, man hatte keinen Einfluss und konnte nur hoffen, dass alles gutgehen würde, was mir, wie gesagt, unheimlich schwerfiel.

Die Sicht wurde klarer, je südlicher wir kamen. Unter uns Lichter in Orange, ansonsten alles stockdunkel, bis auf die Tragfläche, die, vom Blitzen des Positionslichts beleuchtet, vollkommen ruhig in der Luft lag.

Nachdem ich mich teilnahmslos durch die Fliesen geklickt hatte, eigentlich war mir völlig egal, was bei uns im Bad an der Wand klebte, packte ich den Stick weg und betrachtete wieder dieses Foto von Maren: wie sie vor der Garage im Rohbau steht, mit dem Meterstab in der Hand. Ihr überraschter Blick in die Kamera, als wäre sie beschäftigt gewesen und hätte aufgesehen, weil der Fotograf irgendetwas rief. Die Hemdsärmel der taillierten weißen Bluse aufgekrempelt, ihre dunklen Haare zum Pferdeschwanz gebunden. Eine lange Strähne hing über ihrer Wange, ich war mir sicher, dass Maren sie Sekunden nach dem Foto hinters Ohr gestrichen hatte. Sie wirkte attraktiv, klar, auch wenn das natürlich keine Rolle spielte. Ich glaubte, etwas wie Skepsis oder Misstrauen aus ihrem Blick herauslesen zu können, was wahrscheinlich albern war. Eine Momentaufnahme, nichts weiter.

Als ich mir durch den Kopf gehen ließ, dass es nicht mehr lange dauern würde, bis ich ihr gegenübertrat, wenn nicht zwischendurch die Welt unterging, fühlte ich wieder dieses nervöse Kribbeln im Magen, dessen Ursache ich mir einfach nicht erklären konnte.

Locarno, vor drei Monaten

Mein Telefon klingelte, als ich in einer Pause zusammen mit Georg, der fürs Radio arbeitete und den ich seit Jahren kannte, an der Bar im Pressezentrum stand, bei Schinken-Käse-Toast und Mineralwasser.

Vom Display wurde angezeigt, dass Anne anrief. Ich steckte das Telefon zurück in die Tasche, es schien mir unsinnig abzunehmen, in der hektischen Bar, außerdem begann in zehn Minuten der nächste Film. Georg trank Bier, was ich angesichts der Hitze für gewagt hielt. Wir hatten gerade *Five easy pieces* aus der Nicholson-Retrospektive gesehen, siebziger Jahre, den wir natürlich kannten, aber uns noch mal gönnen wollten, sozusagen als Privatvergnügen. Nicholson in der Rolle dieses komplett Entwurzelten, der keine Bindungen eingehen konnte, weder beruflich noch privat, ein Verlorener, unzufrieden mit sich und der Welt, früher Konzertpianist, dann Arbeiter auf einem Ölfeld. Am Ende ist er zusammen mit seiner Freundin im Auto auf der Rückfahrt von einem ziemlich bitteren Besuch bei seinem Vater, zu dem er jahrelang keinen Kontakt hatte, weil sie sich von Anfang an nicht verstanden. Mitten im Nirgendwo stoppt er an einer Tankstelle, geht zur Toilette, seine Freundin bleibt im Wagen sitzen, schaut im Waschraum lange in den Spiegel, geht wieder nach draußen, spricht spontan mit einem Lkw-Fahrer, der zufällig zwischen ihm und seinem Wagen geparkt hat, passt auf, dass ihn seine Freundin nicht bemerkt, steigt auf der Beifahrerseite in den Lkw, nur mit den Sachen, die er am Leib trägt, und fährt davon, irgendwohin, während sich seine Freundin im Wagen an der Zapfsäule wundert, wo er nur so lange bleibt.

Wir fanden den Film immer noch grandios.

Weil ich mich für die nächste Vorstellung beeilen musste, verabredete ich mich mit Georg für später in meiner Stammbar bei Michele.

Anne rief ich am frühen Abend zurück. Ich fühlte mich nicht wohl, wahrscheinlich wegen der Hitze, es waren noch über dreißig Grad. Mein Hemd klebte am Rücken, ich schwitzte am ganzen Körper, sogar meine Brille war schmierig. Idiotischerweise versuchte ich, die Gläser mit dem Hemd sauber zu reiben. Außerdem hatte ich wieder schlecht geschlafen, wie schon die ganzen Tage. Es hatte ein Versehen in unserem Redaktionssekretariat gegeben, das ein Zimmer für mich buchen sollte, was die letzten Jahre auch problemlos geklappt hatte. Albergo La Quiete, wo ich mich immer sehr wohlfühlte. Als ich nachfragte, weil noch keine Reservierungsbestätigung bei mir eingegangen war, bemerkte die Sekretärin, dass ich vergessen worden war. Die Albergo längst ausgebucht, woran auch ein sofortiger Anruf von mir nichts änderte. Maria, die mich von den letzten Jahren kannte, bedauerte aufrichtig, aber es sei beim besten Willen nichts mehr zu machen. Stattdessen eine Notlösung, Fremdenzimmer im ersten Stock über einer Kneipe in der Altstadt, Bar Grill Ristorante, Lärm bis spät in die Nacht, das Zimmer ging zum Eingang raus. Sicht aus dem Fenster fünf Meter, dann die Wand des Hauses gegenüber.

In der Nacht zuvor hatten wieder welche vor dem Eingang stundenlang in voller Lautstärke gequatscht, bis ich es nicht mehr aushielt, die Läden aufriss und hinunterbrüllte:

»Do you know what time it is?«

»A quarter past three«, rief einer zurück, worauf sich die anderen halb totlachten.

Anne meldete sich.

Ich saß am Ufer des Sees auf einer Bank, Blick auf das ölige Wasser, kein Lüftchen, Zypressen wie Stein. An den Stegen die Boote, als wären sie festgeklebt, dafür schwirrten Mücken.

Anne erzählte von der letzten Baugruppenversammlung, wovon ich nichts wissen wollte, aber trotzdem zuhörte.

Der Projektsteuerer, sagte sie seltsam unaufgeregt, habe bekanntgegeben, dass sich die Baukosten wesentlich erhöhten, wegen gestiegener Rohstoffpreise oder so, sie wisse es nicht genau.

Ich wedelte mit den Händen, um die Mücken zu verscheuchen.

»Hat natürlich sofort ein Riesentohuwabohu gegeben«, sagte Anne, »kannst du dir ja vorstellen. Zweiunddreißig Parteien und alle rufen durcheinander. Der Typ zuckte bloß mit den Schultern und meinte, so sei es eben, Abstriche an anderer Stelle kämen nicht in Frage, und wenn uns das nicht passe, müssten wir einen anderen Dummen suchen. Du weißt ja, wie er ist.«

Ich murmelte irgendwas.

»Dann haben sich alle gegenseitig angeschrien, bis auf die, die sowieso nie was sagen. Ich fand's ziemlich peinlich. In meiner fünften Klasse geht's gesitteter zu, so viel ist sicher.«

»Und mit denen wohnen wir dann später zusammen«, sagte ich.

»Die mit der Erdgeschosswohnung sind in finanziellen Schwierigkeiten«, fuhr Anne fort, »wahrscheinlich müssen sie ausscheiden, die haben sich völlig verkalkuliert. Aber da mach ich mir keinen Kopf, die Leute schlagen sich doch um Kreuzberg, dazu noch unsere Nähe zum Tempelhofer Flugfeld, da finden wir sofort Ersatz. Eigentlich wollte ich dir sowieso was ganz anderes erzählen, aber sag doch vorher schnell, wie die Filme bisher waren.«

»Wir sind doch sowieso immer unterschiedlicher Meinung, was das betrifft.«

»Oh, sind wir heute mit dem falschen Fuß aufgestanden?«

Ich erzählte von dem Bar Grill Ristorante.

Anne lachte.

»Und dann diese Hitze«, sagte ich.

Ob ich Schnee erwartet hätte?

Allmählich bekam ich schlechte Laune.

»Nur die Ruhe«, sagte Anne. Gleich würde ich große Ohren machen. Sie sei gestern Abend wie immer beim Pilates gewesen, anschließend noch zusammen mit den anderen in eine Kneipe gegangen. Zufällig habe sie dort neben Berthold gesessen, der erst seit ein paar Wochen dabei sei, und mit dem sei sie eben ins Gespräch gekommen. Sie finde ihn sympathisch, wahrscheinlich gehe es ihm genauso, jedenfalls hätten sie sich von Anfang an prima verstanden.

Ich schaute auf den See. Kein Ahnung, was ein Mann beim Pilates wollte, aber bitte. Im Kreis mit anderen auf einer Turnmatte zu liegen und deutlich hörbar aus- und einzuatmen war nicht mein Fall, sowieso empfand ich Dinge wie Beckenbodenmuskulatur als etwas typisch Weibliches, ich wusste nicht, ob Männer überhaupt einen Beckenboden haben, aber natürlich war es jedem selbst überlassen, ob er das machte oder nicht.

»Das merkt man ja schnell, ob man mit jemandem auf einer Wellenlänge ist oder nicht«, sagte Anne. Wie sie darauf gekommen seien, wisse sie nicht mehr, aber irgendwann habe sie nebenbei gefragt, ohne sich viel dabei zu denken, aber wieso solle man sich dabei auch viel denken, obwohl ihr im Nachhinein schon bewusst geworden sei, dass es auch hätte missverstanden werden können, sie habe also Berthold gefragt, ob er eigentlich verheiratet sei. Schlagartig habe sich seine Miene verändert, ernst sei er geworden und habe nach kurzem Zögern gesagt, seine Frau werde vermisst, seit einem Dreivierteljahr.

Anne machte eine Pause und wartete, was ich sagen würde, aber ich hatte nichts zu sagen und schwieg mit vorgestülpter Unterlippe, was Anne an mir noch nie leiden konnte, aber sie sah es ja nicht.

»Und?«, fragte sie, weil ich nichts antwortete, »was sagst du? Das ist doch furchtbar!«

»Jaja«, sagte ich, »klar!«

»Wie, jaja«, erwiderte sie mit dieser plötzlich gereizten Stimme, die ich schon kannte.

»Dann erzähl eben«, sagte ich, »wie war das, die Umstände, Details, du wirst ja wohl nachgefragt haben.«

»Einfach weg. Von einer Sekunde auf die andere.«

Ich verdrehte die Augen.

»Sie wohnen«, sagte Anne, »in einem Altbau, zweiter Stock Vorderhaus, in Schöneberg. Unter dem Dach hat sich Maren, seine Frau, ein kleines Büro eingerichtet, sie ist Architektin. Es war an einem Freitagabend, Anfang November, nach dem Essen, da hat sie zu ihm gesagt, sie müsse nochmal hoch, eine Zeichnung fertig machen, sonst schleppe sie die das ganze Wochenende mit sich herum. Sie brauche nicht lange, zwei, drei Stunden. Berthold solle nicht vergessen nach Sandra zu sehen, der Tochter. Zwölf war die damals. Sie musste noch irgendwas für die Schule machen. Seine Frau verlässt also die Wohnung, nur mit Turnschuhen und Pullover bekleidet, und verschwindet spurlos, wie von der Erde verschluckt.«

»Und die Polizei?«

»Die haben auch nichts rausbekommen. Sicher ist, dass sie tatsächlich oben im Büro gewesen sein muss, nicht nur, weil das Licht brannte, sondern auch, weil man festgestellt hat, dass ihr Computer kurz nach acht eingeschaltet wurde.«

Ich musste gähnen, was nichts mit Annes Geschichte zu tun hatte, ich war bloß müde.

Natürlich verstand sie es falsch.

Sie habe geglaubt, sagte sie enttäuscht, das sei etwas für mich.

Als wir aufgelegt hatten, blieb ich auf meiner Bank sitzen. Mein Treffen mit Georg war in einer Stunde, es lohnte sich nicht, vorher noch mal ins Hotel zu gehen. Klar ging mir das Telefonat mit Anne durch den Kopf.

Es war ja nicht so, dass es mich nicht interessierte.

Im Gegenteil!

Selbstverständlich hatte die Geschichte etwas, auch wenn sie nicht neu war. Die Zigaretten, die einer noch schnell am Automaten um die Ecke holen wollte, der dann nicht mehr wiederkam, das gab es schon. Meistens Männer, glaubte ich, ohne es zu wissen, es war nur so ein Gefühl. Einmal eine Frau, fiel mir ein, in den USA, die ohne ein Wort zu sagen ihr Mittelstandsdasein mit Mann und zwei kleinen Kindern zurückgelassen hatte und zwanzig Jahre später zufällig bei einer Polizeikontrolle identifiziert wurde; die meiste Zeit war sie als Obdachlose durch das Land gezogen. Es gab dann wohl ein Treffen mit ihrer Familie, die aber nichts mehr mit ihr zu tun haben wollte. Oder diese Deutsche, um die sechzig, die vor Jahren an Bord der *Queen Mary 2* nach New York fuhr und unterwegs spurlos verschwand. Ich bekam damals die Agenturmeldung in die Finger, wobei in ihrem Fall weniger das Rätsel war, wo sie sich aufhielt, das konnte nur der Atlantik sein, es stellte sich eher die Frage, ob freiwillig oder unfreiwillig.

Bei Maren wusste man weder das eine noch das andere, reizvoll also, klar. Und natürlich hatte Anne recht, hin und wieder machte ich auch Reportagen, neben meinen Kritiken, selten genug allerdings und sowieso war Voraussetzung, dass von Seiten der Redaktion überhaupt Bedarf bestand.

Davon abgesehen hatte ich genug zu tun:

Venedig: 28.8.–7.9.

Oldenburg: 12.9.–16.9.

Zürich: 20.9.–30. 9.

Hamburg: 26.9.–5.10.

Hof: 23.10.–28.10.

Im November würde es ein Jahr her sein, dass sie verschwunden war, was als Aufhänger taugte, andererseits erledigte sich das Alltagsgeschäft mit den Filmen auch nicht von allein, ganz zu schweigen von den Festivals. Sowieso wäre für die Geschichte nicht mein übliches Ressort zuständig. Vielleicht die *Seite drei*, ansonsten *Panorama*, womöglich *Lokales* – wenn überhaupt.

Über dem Mittelmeer, 16. November

Die Turbulenzen kamen plötzlich, ohne die sonst übliche Vorwarnung. Ich schaute aus dem Fenster, als gäbe es irgendwas zu sehen, mein Laptop hatte ich wieder in die Tasche gepackt. Das Anschnallzeichen ging sofort an, begleitet vom üblichen Gong. Unmittelbar darauf die Durchsage einer Stewardess, das Benutzen der Toilette sei nicht mehr gestattet.

Wir wurden ziemlich durchgerüttelt.

In dem Plastikbecherchen auf dem Klapptisch vor mir schwappte das Wasser.

Der Kapitän informierte, es könne noch eine Weile holprig sein, wegen einer Gewitterfront, die man zwar umfliege, trotzdem bekämen wir die Ausläufer ab, das sei unvermeidlich. Die Kabinencrew solle den Service einstellen und sich ebenfalls anschnallen.

Spätestens jetzt wurde den meisten mulmig.

Wir saßen schweigsam und konzentrierten uns auf das Rütteln. Manchmal ging es wie in einem Aufzug nach oben, dann ein kurzer Fall, der abrupt stoppte, fast so, als touchierten wir festen Boden; ein merkwürdiges Gefühl, in zehntausend Metern Höhe. Zwischendurch flogen wir für ein paar Sekunden vollkommen ruhig, während wir auf die nächste Turbulenz warteten. Ich hatte diese Heftigkeit selten erlebt. Einmal vor Jahren bei einem Flug im Winter über die Alpen, aber seitdem war es meist mehr oder weniger ruhig gewesen, jedenfalls nie so schlimm wie jetzt.

Alles klapperte, vor allem die Getränkewagen in ihren Boxen.

Natürlich glaubte ich nicht, dass wir abstürzen könnten, obwohl mir genügend Flugzeugkatastrophen einfielen, bei denen es mit einem Gewitter losging. Auf meinem Nachttisch zu Hause lag dieses ziemlich abgegriffene Buch mit Abschriften der Aufzeichnungen von Voice Recordern bei einer Reihe von Abstürzen. Zuerst eine kurze Schilderung des Sachverhalts, was sich wie und warum ereignete, dann die Stelle, an der die Gespräche im Cockpit einsetzten, natürlich noch zu einem völlig harmlosen Zeitpunkt. Die Crew unterhielt sich über Cocktails, eine der Stewardessen war gerade im Cockpit und erzählte, was ihr am besten schmeckte, Blood and Sand, der Kapitän schwärmte von Mai Tai, plötzlich die Warnmeldung, Eis an den Tragflächen. Sekunden später geriet alles außer Kontrolle, steiles Trudeln in Richtung Boden, keine Minute später der Aufschlag.

Anne hasste dieses Buch.

Ich stellte mir vor, wie wir plötzlich abkippten und in den Sturzflug übergingen. Man saß auf seinem Sitz und wusste, das war es also. Ich glaubte nicht, dass ich hysterisch werden würde, dazu war ich nicht der Typ. Wahrscheinlich fände ich mich einfach damit ab. Man konnte sowieso nichts tun, wozu also sich gegen das Unvermeidliche wehren. Vielleicht notierte ich noch schnell ein paar Zeilen auf der Bordzeitschrift und hoffte, sie würden hinterher gefunden. Was schrieb man in so einem Moment? Anne, ich liebe dich, Grüße J.? Oder, ich liebte dich?

Vielleicht wäre es besser, nichts zu hinterlassen. Überhaupt stellte ich es mir problematisch vor, wie man als Hinterbliebener mit so einem Relikt umging, womöglich noch angekokelt an den Rändern.

Jetzt ein Luftloch von ein paar Metern.

Es war mein Vorschlag gewesen, Berthold zu uns zum Essen einzuladen. Anne schaute mich ungläubig an, aber ich wollte die Geschichte aus erster Hand hören, auch wegen Details, die bisher noch gar nicht zur Sprache gekommen waren. Alles ganz unverbindlich, klar, ich hatte in der Redaktion bislang mit niemandem darüber gesprochen.

Wir saßen am Esstisch und tranken Rotwein, im Backofen brutzelte Annes legendäres Paprikahuhn.

Anfangs die Stimmung ziemlich verkrampft, was ja auch kein Wunder war, obwohl ich mit Berthold schnell zum Du überging. Wir fanden es beide komisch, wenn er sich mit Anne duzte und wir zueinander Sie sagten. Anne hatte ihm erzählt, dass ich Journalist sei, was ihn sofort misstrauisch machte. Das Verschwinden von Maren hatte damals für Aufsehen gesorgt, er war von Reportern bedrängt worden und hatte sich eingelassen in der Hoffnung, es helfe. Am nächsten Tag dann ihr Urlaubsfoto großformatig abgedruckt, Berthold mit der lachenden Maren auf dem Hotelbalkon in Spanien, er hatte den Arm um sie gelegt. Maren im Bikini, er in Badehose, beide braungebrannt. Über seinen Augen ein schwarzer Balken, dazu lauter intime Details, die er erzählt hatte, ohne sich viel dabei zu denken, durcheinander, wie er war.

Diese Erfahrung, sagte Berthold, wolle er nicht noch mal machen.

Anne versprach, dass ich niemanden über den Tisch ziehen würde.

Ich sagte, zumindest merke sie es nie.

Wir lachten.

Als wir das zweite Glas getrunken hatten, wurde es lockerer, wirklich entspannt aber waren wir den ganzen Abend nicht. Berthold konzentrierte sich darauf, sachlich zu bleiben, die

Distanz zu wahren, vor allem zu mir. Gegenüber Anne schien er sich leichter öffnen zu können, dabei immer freundlich, überhaupt wirkte er nicht unsympathisch, wenn auch die Belastung unübersehbar blieb. Seine Augen unruhig, die Züge seines Gesichts dagegen wie eingefroren, ernst, gleichzeitig unsicher, immer unter Spannung. Es strengte an, wenn man ihn ansah.

Er lobte das Essen, Anne freute sich, ich schenkte nach. Zu der Unterhaltung von Anne und Berthold über Pilates konnte ich nichts beitragen, dafür fragte ich nach Sandra. Sie sei allein zu Hause, sagte Berthold, was aber kein Problem wäre, außerdem habe sie natürlich seine Handynummer, für Notfälle.

Nochmals also: Maren (42), die nicht anders wirkte als sonst, auch in den letzten Tagen oder Wochen, deren Verhalten nicht den kleinsten Hinweis bot, auf was auch immer. Schon deshalb befürchtete Berthold das Schlimmste, weil alles andere einfach keinen Sinn ergab. Gegen zwanzig Uhr verließ sie die Wohnung in Turnschuhen und Pullover. Um Mitternacht ging Berthold zu Bett und fand es merkwürdig, dass sie immer noch arbeitete. Er glaubte, sie habe die Zeit vergessen. Um drei Uhr wachte er aus einem ihm nicht mehr erklärlichen Grund auf, merkte, es lag niemand neben ihm. Er zog sich an und ging nach oben, um zu fragen, was um Gottes willen sie nachts um drei noch zu arbeiten habe. Schlüssel zum Büro hatte er, wunderte sich nicht, als das Licht brannte, im Gegenteil, wurde aber unruhig, als er merkte, dass sie gar nicht da war. Er ging wieder nach unten, schaute in jedes Zimmer der Wohnung, auch in das von Sandra, vielleicht hatte sie sich irgendwo anders zum Schlafen hingelegt, was sie allerdings noch nie gemacht hatte, wozu auch. Er fand sie nicht und wurde zunehmend ratlos. Eine Weile lang stand er im Wohnzimmer und überlegte, was er tun sollte, während er gleichzeitig hoffte, sie würde plötzlich zur Tür hereinschleichen mit einer ganz unglaublichen Geschichte, die alles aufklärte.

Um vier Uhr rief er die Polizei. Eine Streife nahm den Sachverhalt auf, notierte Personalien. Mehr war nicht möglich, was sollte man auch machen, ohne den geringsten Hinweis, wo und in welche Richtung man suchen sollte. Wenigstens wurde eine Personenbeschreibung von ihr über Funk durchgegeben. Die Polizisten gingen wieder, Berthold blieb allein zurück, machte sich Kaffee, an Schlaf war sowieso nicht mehr zu denken. Die Unruhe in ihm mit jeder Minute immer bohrender. Beim kleinsten Geräusch aus dem Treppenhaus die Hoffnung, es sei Maren. Einmal schlug die Haustür, jemand ging die Treppen hoch. Berthold war sofort an der Tür, riss sie auf und sah den Mieter aus dem vierten Stock, der ihn verwundert anblickte.

Gegen sieben telefonierte er der Reihe nach alle Freunde und Bekannte ab, in der unsinnigen Hoffnung, womöglich sei sie mitten in der Nacht zu irgendeinem von ihnen gegangen, oder habe sich sonst gemeldet, warum auch immer.

Jedes Mal sofort die Gegenfrage, was um Gottes willen denn passiert sei.

Während eines dieser Telefonate kam Sandra im Schlafanzug aus ihrem Zimmer, steuerte auf Berthold zu und rief grinsend: »Frühstück, und zwar dalli!«, spürte dann aber sofort, dass irgendwas nicht stimmte. Berthold legte auf, schaute seine Tochter an, überlegte kurz zu lügen, kam aber zu der Überzeugung, das habe keinen Sinn, irgendwann würde sowieso alles herauskommen, dann wäre es noch viel schlimmer. Also erzählte er, was geschehen war. Sandra, von der Nachricht überfordert, wusste nichts damit anzufangen, konnte das auch gar nicht richtig einordnen, Konsequenzen abschätzen, spürte nur, etwas Schlimmes war passiert, fing an zu weinen. Berthold umarmte sie, versuchte zu trösten, was kaum gelang, weil es ihm eigentlich genauso ging wie ihr.

Gegen Mittag brachte er Sandra zu einer Schulfreundin und fragte bei der Polizei nach, was weiter unternommen werde. Zuständig das Landeskriminalamt, Zimmer 134, Bereitschaftsdienst. Hinter dem Schreibtisch ein Kriminalhauptkommissar, etwa im selben Alter wie Berthold, der humorlos wirkte, vielleicht weil er samstags arbeiten musste.

Zunächst klärte er über die rechtliche Seite auf: Man sei ein freies Land. Ein Erwachsener, ob Frau oder Mann, das spiele selbstverständlich keine Rolle, dürfe in Deutschland gehen, wohin er wolle, auch ohne Angehörigen Bescheid zu sagen. Zur Rechenschaft sei keiner verpflichtet, jedenfalls nicht juristisch. Das Verschwinden eines Erwachsenen an sich stelle keinen Grund für polizeiliches Tätigwerden dar, das müsse sich Berthold als Allererstes bewusst machen. Ausnahme erstens: das Verschwinden geschehe nicht freiwillig, beispielsweise wenn eine Entführung vorliege. Zweitens: Es liege sonst ein Gefahrenmoment vor, etwa wegen eines hilflosen oder verwirrten Zustandes, darunter falle zum Beispiel eine mögliche Suizidabsicht. Könne sich Berthold das bei seiner Frau vorstellen?

Berthold schüttelte den Kopf.

Der Kommissar zuckte mit den Schultern.

Die Beurteilung des Einzelfalls sei dementsprechend schwierig. Im Fall von Maren bestehe grundsätzlich Unterhaltspflicht gegenüber der Tochter, sie sei ja berufstätig, selbständige Architektin, erziele Einkommen, genau wie Berthold, der bei einer

Versicherung angestellt sei, habe er gesagt. Wie die Einkommensverhältnisse in diesem Fall gewertet werden müssten, wisse er nicht, das sei noch zu prüfen, insofern könne dies durchaus Grund zum polizeilichen Tätigwerden sein. Allerdings befinde sich ja derzeit noch genügend Guthaben auf dem gemeinsamen Konto. Berthold habe darauf Zugriff, vielleicht kämen später weitere Zahlungen?

»Es geht mir nicht ums Geld«, sagte Berthold.

»Ich weiß«, sagte der Kommissar, »aber Sie sehen doch die Problematik?«

»Das heißt, Sie unternehmen überhaupt nichts?«

»Nein«, sagte der Kommissar, »nein im Sinne von: Wir unternehmen nicht nichts. Verstehen Sie? Es wird bereits gefahndet, vorsorglich, um keine Versäumnisse zu begehen, die womöglich nicht wiedergutzumachen wären. Ihre Frau ist zur Aufenthaltsermittlung ausgeschrieben. Treffen wir sie allerdings irgendwo an und stellt sich heraus, dass sie freiwillig unterwegs ist, dann sagen wir ihnen das zwar, also dass es einen Kontakt gab, damit Sie wissen, sie lebt, wir sagen ihnen aber nicht, wo sie sich aufhält. Grundsätzlich ist ihre Frau, wie gesagt, ein freier Mensch.«

»Ich glaube, dass ihr etwas passiert ist«, sagte Berthold, »Maren würde Sandra doch niemals im Stich lassen. Und wieso lag ihr Handy auf dem Schreibtisch, neben der Computertastatur, wo sie es doch mit einem Griff hätte einstecken können, wenn sie freiwillig gegangen wäre, wohin auch immer?«

Der Kommissar zuckte wieder mit den Schultern, schaute zum Fenster hinaus und beobachtete den Verkehr auf dem Tempelhofer Damm.

Man höre voneinander.

Als es am nächsten Vormittag noch keinerlei Hinweise gab,

erstellte Berthold am Computer ein Plakat mit einem Porträtfoto von Maren, darüber als Überschrift in Großbuchstaben das Wort *VERMISST*. Fünfhundert Stück druckte er aus und klebte sie in halb Berlin an Laternenpfähle, in U-Bahn-Stationen, an Tankstellen, Kneipen, Schwimmbädern, sogar ans Gesucht-&-Gefunden-Anzeigenbrett in Supermärkten.

Unklar blieb die Frage des verschwundenen Geldbeutels. Wieso einen Geldbeutel, wenn sie nur drei Stockwerke höher ins Büro wollte? Berthold wusste, dass sie sich manchmal zwischendurch etwas an der zweihundert Meter entfernten Tankstelle holte, Süßigkeiten, die auch unten in der Wohnung waren, aber gleichzeitig konnte sie dabei frische Luft schnappen. Das würde auch fehlende Schlüssel erklären, sie wollte eben wieder zurück. Von den Überwachungsbändern der Tankstelle wurde Maren in der fraglichen Nacht nicht aufgezeichnet, es musste also auf den zweihundert Metern dorthin passiert sein, vorausgesetzt, es war überhaupt etwas passiert. Spuren, die darauf schließen ließen, gab es nicht, Berthold war die Strecke schon zweimal abgegangen.

Noch merkwürdiger schließlich – ich fand, das Merkwürdigste überhaupt: Ihr Reisepass fehlte, was mit dem Gang zur Tankstelle schwer erklärt werden konnte. Als der Kommissar danach fragte, wusste Berthold nicht, ob sie überhaupt einen besaß. Später wurde ermittelt, sie habe vor acht Jahren einen neuen Pass beantragt und diesen auch abgeholt. Berthold durchsuchte sofort Wohnung und Büro, krempelte alles um, leerte sämtliche Schubladen, fand aber keinen Pass, was trotzdem nichts bedeuten musste. In acht Jahren konnte viel passiert sein, vielleicht hatte sie den Pass verloren, ohne es zu merken, weil sie ihn ohnehin nicht brauchte, oder sie wollte den Verlust nicht anzeigen, aus Bequemlichkeit.

Einmal klingelte das Telefon, doch als Berthold abnahm, war niemand mehr dran. Das Display zeigte eine ausländische Nummer. Berthold dachte sofort, es müsse Maren gewesen sein, und rief zurück. Eine Italienerin meldete sich, die kein Wort Deutsch oder Englisch sprach. Nach ein paar Sekunden legte sie wieder auf. Weil er nicht glauben wollte, dass es nur ein Zufall war, wählte er nochmals die Nummer, hatte wieder die Italienerin am Apparat, die ihm irgendwas erzählte und das Gespräch erneut beendete, bevor Berthold versuchen konnte, sich irgendwie verständlich zu machen.

Das alles in den ersten zwei Wochen.

Dann die einzige Spur. Am einundzwanzigsten November, zwei Wochen nach Marens Verschwinden, wurden an einem Bankomat der Unicredit Spa in der Via della Libertà 56, Palermo, Sizilien, achthundert Euro von ihrem Konto abgehoben.

Berthold dachte sofort an den merkwürdigen Anruf und im nächsten Moment an die Mafia.

Der Kommissar am Telefon fragte, was Maren mit der Mafia zu tun habe.

»Ich weiß es nicht«, sagte Berthold, »aber was hat sie in Palermo zu suchen. Wieso ausgerechnet Palermo?«

Die Tage unerträglich, die Nächte schlaflos. Das Zusammenzucken bei jedem Geräusch vor der Tür oder wenn das Telefon klingelte. Das Wälzen im Bett, alle halbe Stunde der Blick auf die Uhr. Die Gedanken wie Gebetsmühlen, was war passiert, wo sollte man noch suchen, wen könnte man noch anrufen? Regelmäßig erkundigte er sich bei dem Kommissar, der zunehmend genervt antwortete: Solange es keine Spuren gebe, bleibe alles schwammig.

Irgendwann konnte Berthold es nicht mehr hören und wurde laut, schrie ins Telefon, Maren müsse etwas passiert sein, ob er das nicht endlich verstehe, wie sei denn sonst ihr Verschwinden zu erklären, es sei eine Unverschämtheit, er werde sich beschweren, der Kommissar sitze bloß rum, statt seine Frau zu finden.

Einmal stand er gegen drei Uhr in der Nacht auf und putzte die komplette Wohnung.

Er meldete sich krank, weil er glaubte, in seiner Verfassung nicht vernünftig arbeiten zu können, merkte aber bald, dass es ihm besser ging, sobald er im Büro war.

Sich abzufinden mit der Ohnmacht, sagte Berthold, sei unerträglich. Nichts tun zu können, außer zu warten.

Wochen vergingen, bis sich eine Art Alltag einstellte, wenn auch von Normalität keine Rede sein konnte. An Weihnachten brach alles wieder auf, Silvester der Horror.

Die Rückenschmerzen waren plötzlich da, Anfang Mai, von einem Tag auf den anderen. Berthold stand morgens auf und fühlte diesen ziehenden Schmerz bei den Lendenwirbeln. Er vermutete, ungünstig gelegen zu haben in der Nacht, und glaubte, es würde von allein vorbeigehen. Als nach ein paar Tagen keine Besserung eintrat, suchte er einen Orthopäden auf, der eine Entzündung diagnostizierte und Eispackungen verschrieb. Berthold spürte keine Besserung und wendete sich an einen zweiten Orthopäden. Muskuläre Verspannung, sagte der und verordnete heißen Fango.

Eine Kollegin gab dann den Tipp, es mit Pilates zu versuchen.

Die Anrufe bei dem Kommissar wurden weniger.

Zuletzt der Versuch mit einem Wahrsager, was bei Freunden und Bekannten nur noch auf Kopfschütteln stieß.

Einen Selbstmord Marens schloss Berthold nach wie vor aus. Wieso sollte sie so etwas tun? Aus seiner Sicht gab es dafür keinerlei Gründe. Depressiv hatte er sie nie erlebt, sie war auch gar nicht der Typ dazu. Die Überlegung des Kommissars, Maren habe das rätselhafte Verschwinden inszeniert, um einen Suizid zu begehen, der nicht bekannt werden sollte, damit niemand mit Schuldgefühlen zurückblieb, hielt Berthold für idiotisch.

»Es muss ein Verbrechen passiert sein«, sagte er.

»Verbrechen, ja«, sagte der Kommissar scharf, »aber von wem? Mit welchem Motiv? Warum gibt es keine Spuren, weder im Haus noch sonst irgendwo, von der Abhebung am Geldautomaten mal abgesehen? Und kommen Sie mir jetzt bloß nicht wieder mit der Mafia!«

Berthold wusste keine Antwort.

Noch schlimmer war es für Sandra, die sich völlig in sich zurückzog. Berthold hatte das Gefühl, nicht mehr zu ihr durchzudringen, und wendete sich an eine Psychologin, die auf traumatisierende Erlebnisse bei Kindern spezialisiert war. Eine Therapie wurde begonnen, die zunächst keinerlei Änderung bewirkte, dann allmählich Hoffnung versprach.

Das Schlimmste, auch noch nach neun Monaten: die Ungewissheit.

Es zerreiße einen innerlich.

Die Reportage über Marens Verschwinden erschien an einem Samstag. Ich ging an diesem Vormittag zusammen mit Anne ins Küchenstudio, was ein Fehler war. Wir hätten ein bisschen feiern sollen, den Tag genießen, abspannen – ich war die letzten Tage vor der Veröffentlichung ziemlich im Stress –, stattdessen standen wir in dieser geleckten Hochglanzumgebung und wurden von einem aalglatten Verkäufer bequatscht.

Nachdem die Endfassung des Artikels vom zuständigen Redakteur endlich abgesegnet worden war, machte ich drei Kreuze.

Hätte ich vorher gewusst, worauf ich mich einließ, ich wäre sofort abgesprungen. Schon die vollkommen unproblematische Annahme in der Redaktionskonferenz, von der mir der Redakteur freudig berichtete, löste in mir keine Glücksgefühle aus. Anstatt mich darüber zu freuen, belastete es mich, dabei waren alle anderen von der Geschichte begeistert, aber gerade das machte mich misstrauisch. Tage später erhielt ich dann die endgültige Mitteilung, es sei beschlossene Sache, die Reportage erscheine in der Wochenendbeilage, Schwerpunkt sei das Thema *Familie*, breit gefasst, in allen möglichen Variationen, Patchwork, Adoption, gleichgeschlechtliche Eltern usw., dazu passe meine Geschichte wie die Faust aufs Auge. Alle seien von ihr überzeugt, ich bekäme die erste Seite der Beilage.

»Na, was sagen Sie?«, fragte der Redakteur.

Ich dachte, ich hätte mich verhört.

Von diesem Zeitpunkt an befürchtete ich, mir damit mein eigenes Grab zu schaufeln. Den Aufmacher der Beilage würden alle in der Redaktion lesen, ganz zu schweigen vom Chefredakteur, der sowieso alles unter die Lupe nahm, was in seiner Zeitung stand, umso mehr ganzseitige Reportagen.

Meine Angst zu versagen war sofort da.

Anne dagegen hielt es für eine großartige Möglichkeit.

»Ich freu mich für dich«, sagte sie und strahlte mich an.

Ich fand sie in manchen Dingen schon immer viel zu naiv. Die Geschichte bekam eine Dimension, die ich nicht geplant hatte. Klar wollte ich eine Reportage, aber über eine Viertelseite, höchstens eine halbe, etwas, das zu handhaben war, im Format wie meine Kritiken eben, und keinen ganzseitigen Aufmacher. Plötzlich war ich selbst nicht mehr von dem Stoff überzeugt und machte mir Vorwürfe, das Ganze überhaupt angeleiert zu haben.

Als mir mit einem Schlag bewusst wurde, dass ich den Termin zur Abgabe versäumt hatte, lief es mir heiß und kalt über den Rücken. Ich wusste nicht, was ich tun sollte, alle warteten dringend auf meine Reportage, die nicht fertig war, im Gegenteil, ich hatte noch gar nicht richtig damit angefangen. Es war mir unbegreiflich, ich konnte es nicht fassen, ich konnte es einfach nicht fassen. Wie sollte ich das der Redaktion erklären oder, viel schlimmer noch, dem Chefredakteur. Das durfte nicht wahr sein, ich hatte die Geschichte verdrängt, als ginge sie mich nichts an, und jetzt saß ich in der Klemme, weil ich nichts vorzuzeigen hatte. Eine Abmahnung war das Mindeste, was mich erwartete, womöglich würde mein Vertrag gekündigt, mit sofortiger Wirkung würde ich freigestellt, alles vorbei, was würde ich hinterher machen und wie sollte ich das überhaupt Anne erklären. Verdammt, wie konnte es nur so weit kommen, wie konnte es nur so weit kommen? Panisch schaute ich auf meine Armbanduhr, dann machte Anne Licht und sagte, ich hätte um mich geschlagen und sie im Gesicht getroffen.

Eine Woche vor Abgabe ließ ich sie den fertigen Entwurf lesen. Titel: *Spurlos*. Untertitel: *Das rätselhafte Verschwinden der Maren S.*

Mittig im Text montiert: das Foto von Maren mit Meterstab vor der Garage. Der Bauherr hatte mir am Telefon erzählt, er habe die Kamera damals zufällig dabeigehabt.

Anne war euphorisch, ich blieb skeptisch.

Es ging mir bei der Geschichte weniger um konkrete Hinweise, ich wollte keine Fahndungsmeldung, sowieso rechnete ich nicht mit spektakulären Ergebnissen. Ich versuchte zu beschreiben, was ein solches Verschwinden mit denjenigen macht, die zurückbleiben und damit zurechtkommen müssen. Die Hauptrolle spielte nicht Maren, sondern Berthold und Sandra.

Zugegeben fand ich Maren viel interessanter, was ich auch in einem Gespräch mit dem Redakteur erwähnte, der mich dann aber umstimmte. Im Nachhinein gab ich ihm recht. Das Mitleid band den Leser an die Reportage, und um die Leser ging es schließlich und um niemanden sonst.

Alles in allem war ich zwar nicht so begeistert wie Anne, meine Texte begeistern mich eigentlich nie, aber zufrieden.

Der Aal bequatschte uns immer noch. Es ödete mich an, eine Meinung haben zu müssen, ob wir Touchscreen-Herdplatten nehmen sollten oder nicht, welche Oberfläche die Arbeitsplatte haben könnte, Design der Schubladengriffe usw. Unterwegs hatte ich Anne ernsthaft gefragt, weshalb wir nicht einfach eine Ikea-Küche kauften. Meine Laune wurde immer schlechter, dazu dieser schmierige Typ, der uns egal was aufzuschwatzen versuchte, Hauptsache, wir entschieden uns überhaupt. Ich konnte es nicht lassen, zu erzählen, wie ich vor ein paar Monaten in der topmodernen superteuren Küche eines Freundes von uns den Kaffee auf der Arbeitsplatte verschüttet hatte und die braune Suppe sofort in sämtliche Schubladen geplätschert war, weil man aus Designgründen auf einen Überstand der Platte verzichtet hatte. Grinsend tippte ich mir an die Stirn, der Aal lächelte, Anne schaute mich komisch an.

Es wurde mir allmählich zu viel, ich bekam einen heißen Kopf und dachte an die Scherereien mit unserer Baugruppe, nicht nur wegen dieser Familie, die mittlerweile tatsächlich pleite war und bislang keinen Ersatz präsentiert hatte, nächste Woche fand eine Krisenversammlung statt, sondern auch wegen unserer Wohnung. Die Anschlüsse mussten festgelegt werden, noch gab es individuellen Spielraum, danach würde eben nach Norm gebaut. Sicher gab es Schlimmeres, als sich über Zeichnungen zu beugen und zu bestimmen, dass man hier noch gerne Wasser hätte, im Bad einen zentralen Abfluss, überall mehr Steckdosen, aber klar war auch, jeder Extrawunsch kostete. Auf unserem Küchentisch daheim stapelten sich die Rechnungen. Wenn ich daran dachte, wie viel Geld wir in diese Wohnung steckten, bekam ich ein flaues Gefühl im Magen. Manchmal wünschte ich mir, lieber nicht die Entscheidung für den Bau getroffen zu haben und weiter Miete zu überweisen, aber jetzt war es zu spät, um auszusteigen, dafür mussten Anne und ich die nächsten zwanzig Jahre unseren Kredit abzahlen.

Natürlich hatten wir vorher alles bis ins Kleinste durchgerechnet. Blieb unsere Situation, wie sie war, konnten wir die monatlichen Raten bequem überweisen und uns trotzdem nebenbei noch was gönnen, aber wenn sich durch unvorhersehbare Ereignisse etwas änderte, hätten wir ein Problem, besser gesagt, ich hätte dann ein Problem. Anne als Beamtin besaß einfach die größtmögliche Sicherheit und konnte nur entlassen werden, wenn sich der Staat auflöste, ansonsten aber musste sie sich keine Sorgen machen. Brauchte sie mehr Geld, bekam sie jederzeit welches, das stellte überhaupt kein Problem dar. Was mich betraf, lagen die Dinge anders. Mein Pauschalistenvertrag mit der Zeitung ein Glücksfall, der Sechser im Lotto – heute eigentlich undenkbar –, doch die Zahlungsunfähigkeit der *Rundschau* neulich, wo alle aus allen Wolken gefallen waren, weil keiner geglaubt hatte, dass das jemals geschehen konnte, schockte mich. Meine Zeitung war in einen großen Verlag eingebunden, ich hielt es für wenig wahrscheinlich, dass wir pleitegingen, und trotzdem konnte alles passieren. Würde es zum Schlimmsten kommen, könnte ich mich einsalzen lassen, darüber machte ich mir keine Illusionen. Ein neuer Job in meiner Sparte war einfach aussichtslos, die Filmseiten wurden immer kleiner und reichten kaum für die aus, die fest dabei waren, Neueinstellungen die reine Utopie. Ein Wahnsinn, daran auch nur zu denken, trotz der Kontakte, die ich natürlich hatte. In einem anderen Ressort sähe es nicht besser aus, selbst wenn ich vertraglich Abstriche machte. So oder so könnte ich den Pauschalistenstatus in den Wind schießen, aber auch als fester Freier käme ich vermutlich nicht mehr unter, sogar als freier Freier sah ich schwarz, die ganze Branche krebste doch herum. Wahrscheinlich gäbe es ab und zu einen mitleidigen Auftrag von einem befreundeten Redakteur, eine Art Almosen, Rechnung über dreihundert oder vierhundert Euro, anschließend wieder zwei Wochen Funkstille. Damit würde ich weder meinen Anteil an unseren Kreditraten leisten können noch meinen Lebensunterhalt bestreiten, also müsste ich von Anne leben, was undenkbar wäre, dann lieber Hartz IV, aber dazu würde Annes Einkommen angerechnet, sie müsste dem Amt gegenüber offenlegen, was sie verdiente, nachdem ich ihr gebeichtet hätte, ich bräuchte staatliche Unterstützung, es wäre mein Untergang. Weniger materiell als in der Einschätzung, wie weit ich es gebracht hatte.

Manchmal wachte ich mitten in der Nacht auf und schwitzte.

Wir standen vor der Frage, ob der integrierte gedämpfte Selbsteinzug unserer Schubladen wirklich leise war.

Als Anne im Auto auf der Heimfahrt eine Bemerkung zu unserer Dusche mit Kopfbrause »Raindance« machte, auf die sie sich schon freue, explodierte ich.

Natürlich war ich ungerecht, noch dazu herrschte viel Samstagnachmittagsverkehr, und jede Ampel sprang unmittelbar vor mir auf Rot, ich war sowieso schon auf hundertachtzig. Dabei wusste ich ganz genau, dass niemand anderes als ich beim Aussuchen der Badarmaturen größten Wert auf Qualität legte.

Anne hätte sich auch mit einem günstigeren Modell begnügt, ich dagegen wollte »Raindance« und das warf ich ihr jetzt vor, ich benahm mich wie ein Idiot, was Anne mir genau so ins Gesicht sagte und mich endgültig wütend machte, weil ich wusste, dass sie recht hatte.

»Und du mit deiner scheiß Küche«, schrie ich.

»Wenn du mich noch mal anschreist, Joachim«, sagte Anne ganz ruhig, »steige ich auf der Stelle aus.«

Die restliche Fahrtstrecke schwiegen wir.

Ich entschuldigte mich später.

Wir fanden, dass wir an diesem Abend nicht mehr an den Bau denken sollten, sondern lieber fernsehen. Anne wollte auf Arte unbedingt *Amour* von Haneke sehen, den ich schon kannte, trotzdem war ich sofort einverstanden, obwohl mir *Kill Bill Vol. 2* lieber gewesen wäre, der zeitgleich auf Pro7 kam.

Am Montagnachmittag rief ich in der Redaktion an. Die Reportage sei in der Nachbereitung gut weggekommen, sagte der Redakteur, der keine Zeit hatte, weil er gerade mit anderen Dingen beschäftigt war. Mails von Lesern mit Hinweisen seien eingegangen und an mich weitergeleitet worden.

Klar schaute ich sofort nach.

Einmal ging es um eine Städtereise, unternommen im Mai, per Bus nach Paris. Zusammen mit seiner Frau, schrieb der Leser, habe er das Centre Pompidou besichtigt. Davor sei doch der große Platz, schräg angelegt, wo fliegende Händler Krimskrams verkauften. Er habe ein Paar beobachtet, das Spielzeugvögel aus Blech anbot. Während der Mann die Passanten ansprach, zog die Frau die Vögel auf und ließ sie vor sich herumhüpfen. Das sei ja ein Bild für Götter gewesen, aus diesem Grund hätte er damals auch genau hingeschaut und sei sich hundertprozentig sicher, dass es niemand anderes als diese Maren S. gewesen sei, die inmitten der Blechvögel stand, während es um sie herum hüpfte und ratterte.

Eine Leserin war sich nicht so sicher, hielt es aber für durchaus möglich, ja wahrscheinlich, Maren diesen Sommer während eines Wanderurlaubs in Polen gesehen zu haben. Es müsse in der Nähe von Krakau gewesen sein, da sei sie ihr in einem kleinen Wäldchen auf einem Fahrrad entgegengekommen, habe sehr entspannt gewirkt, ihr sogar kurz zugewinkt, sei dann aber ohne anzuhalten weitergeradelt. Auf dem Gepäckträger sei eine blaue Reisetasche festgeschnallt gewesen.

Dann haute es mich um.

Im April hatte jemand Urlaub in Tunesien gemacht, Cluburlaub auf Djerba, hauptsächlich zum Tennisspielen. Seine Tennislehrerin im Club sei die Vermisste gewesen, dafür lege er die Hand ins Feuer. Nicht nur wegen des Vornamens Maren, der Nachname sei ihm leider nicht bekannt, weil man im Club von Anfang an per Du sei, sondern auch wegen des Aussehens, das mit derjenigen vor der Garage identisch sei, da gebe es nun wirklich überhaupt keinen Zweifel. Als Beweis hänge er ein Foto an, aufgenommen zum Abschluss des Tenniskurses.

Ich sah vier lachende Männer in Weiß auf einem Tennisplatz im Halbkreis am Netz gruppiert, zwei mit einem Schläger in der Hand, in der Mitte die lächelnde Trainerin, die, das war sofort klar, Maren sein musste. Sogar die Pferdeschwanzfrisur war dieselbe.

Während ich auf den Bildschirm starrte und es kaum glauben konnte, kam Anne ins Zimmer, um mich etwas zu fragen.

Ich klickte das Foto sofort weg.

Es war ein Reflex, ich dachte mir nichts dabei. Aber auch später erwähnte ich das Foto niemals. Ich erklärte es mir damit, dass ich keine unnötigen Hoffnungen wecken und niemanden enttäuschen wollte, wenn es sich doch nicht um Maren handelte. Stattdessen hätte ich beabsichtigt, alles hieb- und stichfest zu überprüfen, um anschließend mit Sicherheit sagen zu können, ob sie es nun tatsächlich war oder nicht. Es bestand ja keine Eile, immerhin war sie seit einem Jahr verschwunden, da kam es auf ein paar Tage mehr nicht an.

Ich überzeugte mich selbst nicht.

Vernünftig wäre gewesen, Berthold Bescheid zu geben, den Kriminalbeamten zu informieren, die Mail an beide weiterzuleiten und den Dingen ihren Lauf zu lassen. Eine einfache Nachfrage am Firmensitz des deutschen Clubunternehmens in Mannheim hätte ergeben, wie der Nachname der Tennislehrerin auf Djerba lautete, den ich unter irgendeinem Vorwand auch selbst hätte recherchieren können, aber ich rief nicht an und meldete mich weder bei dem Kriminalbeamten noch bei Berthold.

Stattdessen buchte ich eine Woche Cluburlaub last Minute, all inclusive, Abflug in vier Tagen.

Keine Ahnung, was mich da ritt.

Den Redakteur weihte ich ein und nahm ihm das Versprechen ab, die Tennisclubmail in einem vertraulichen Ordner abzuspeichern und niemandem davon zu erzählen, auch Anne oder Berthold nicht, sollten sie nachfragen. Ich wolle in der Sache erst sichergehen, schließlich könne man mit Photoshop alles manipulieren. Das betreffe im Übrigen auch die Polizei. Wenn wir schon eine Reportage machten, durch die sich Hinweise ergaben, ich nach weiß Gott wohin fuhr und dies zum Erfolg führte, dann gebühre dieser Erfolg uns und sonst niemandem.

Damit überzeugte ich ihn sofort.

Wir hatten die Turbulenzen hinter uns, verließen unsere Reiseflughöhe und begannen mit dem Landeanflug. Elektronische Geräte seien wieder auszuschalten, Taschen in den Gepäckfächern zu verstauen.

Djerba, 16. November, nachts

Das Erste, was ich spürte, als ich aus dem Flugzeug stieg, war diese wunderbar laue Brise. Auf dem Weg zu Fuß über das Rollfeld zur Ankunftshalle zog ich meine Jacke aus und krempelte die Hemdsärmel hoch, was vielleicht übertrieben wirkte, aber ich konnte einfach nicht anders. Die frühlingshafte Temperatur ließ sofort ein ganz anderes Lebensgefühl entstehen.

Der Transit in Tunis hatte sich erstaunlich unproblematisch gestaltet, auch das Umbuchen auf eine spätere Maschine. Die Zeit bis zum Weiterflug nach Djerba vertrieb ich mir in einer Bar und trank tunesisches Bier, Celtia, das mir schmeckte.

Da ich außer der Reihe und allein ankam, war für mich kein eigener Transfer zum Club organisiert, man hatte mir aber angeboten, eine Dreiviertelstunde am Flughafen zu warten, dann träfe eine Chartermaschine aus München mit Clubgästen ein, denen ich mich gern anschließen könne.

Handyempfang gab es, irgendein tunesisches Netz, was mich erleichterte. Für die Redaktion musste ich erreichbar sein, auch für Anne; wir hatten ausgemacht, wie immer über Handy Kontakt zu halten. Um meine Spur zu dem Club zu verwischen – ich wollte einfach auf Nummer sicher gehen –, hatte ich ihr erzählt, Maren sei in Tunis gesehen worden, wo sie Touristen auf der Straße anspreche, in ein Geschäft lotse und Pfefferminztee serviere, während ihnen Teppiche präsentiert würden. Natürlich müsse ich sofort dorthin, um zu überprüfen, ob es sich tatsächlich um sie handle.

Anne war von Anfang an misstrauisch. Diese Reise sei eine merkwürdige Aktion, sagte sie, da hätte ich ja auch nach Paris fahren können! Wie ich Maren überhaupt finden wolle, im Gewimmel der Altstadt?

Ich redete etwas von klaren Indizien.

Als sie mich fragte, wo ich übernachten würde, nannte ich ihr den Namen eines Hotels in Tunis, das ich im Internet gefunden hatte. Und um jeden Zweifel zu zerstreuen, ließ ich das Flugticket bis zum Abflug offen auf meinem Schreibtisch liegen.

Ich hatte keine Lust, auf die Maschine aus München zu warten, ging zum Ausgang und steuerte auf ein Taxi zu. Der Fahrer wusste sofort Bescheid, als ich ihm sagte, wohin ich wollte.

Während der Fahrt Licht nur durch unsere Scheinwerfer, Straßenbeleuchtung gab es kaum. Von der Gegend, durch die wir fuhren, sah man nichts. Waren irgendwo Menschen unterwegs, hatten sie Taschenlampen. Alles wirkte ärmlich, staubig, nur die Landstraße war asphaltiert.

Einmal das Meer im Mondlicht.

Die Fahrt dauerte eine gute halbe Stunde. Wir stoppten an der hell beleuchteten Einfahrt des Clubs, die mit einem großen Tor gesichert war. Ein Wachmann kam aus seinem Häuschen, trat an unseren Wagen, redete kurz mit dem Fahrer. Das Tor schwenkte zur Seite, wir fuhren los und hielten nach dreißig Metern vor der Rezeption. Weil ich keine tunesischen Dinar hatte, musste ich zu einem unglaublich schlechten Kurs mit Euro bezahlen, den ich so schnell wie möglich wieder vergessen wollte.

Die großen Glasschiebetüren öffneten sich automatisch, überall Sessel und Sofas aus Leder, viel poliertes Messing und Teppich. Ich fand es protzig, vor allem wegen des Kontrasts zur Umgebung der Anlage. Sowieso wäre ich ohne die Geschichte mit Maren niemals auf die Idee gekommen, Cluburlaub zu machen. Ich war kein Freund von Animation und All-inclusive, mir schien es grauenhaft, wenn es auch, zumindest was die Sportmöglichkeiten betraf, Vorteile hatte.

Die Winterjacke nervte allmählich.

Gabriele, deren Name auf einem Schild an ihrer Bluse stand, schaute mich überrascht an, als ich einfach so hereinschneite, und fragte mich mit leicht süddeutschem Einschlag nach meinem Pass.

Nachdem sie meine Daten in den Computer getippt hatte, gab sie mir meinen Zimmerschlüssel, dazu ein blaues Plastikbändchen, das mich als Clubgast auswies und immer am Handgelenk zu tragen sei, sowie einen Umschlag mit Informationsmaterial samt Plan des Clubgeländes. Um den Bungalow mit meinem Zimmer machte sie einen roten Kringel.

In einer halben Stunde kämen die Münchner Gäste, sagte sie, dann gäbe es einen Willkommensempfang, zu dem ich natürlich herzlich eingeladen sei. Gern könne ich so lange dort drüben in der Sitzecke warten.

Ich sagte, ich wolle erst mal mein Gepäck loswerden.

»Überhaupt kein Problem«, meinte Gabriele, winkte in Richtung Pool, wo gerade das Willkommensarrangement aufgebaut wurde, und deutete auf mich. Jemand in Rock und kurzärmeliger Bluse aus geblümtem Stoff ließ alles stehen und liegen, kam zu uns rüber, reichte mir zur Begrüßung die Hand und sagte in gebrochenem Deutsch, sie heiße Francesca und würde mich zu meinem Zimmer bringen. Ich sah in ein braungebranntes, weiches Gesicht mit schwarzen langen Haaren und dunklen Augen, die mich geradewegs anblickten, dazu dieses Lächeln, das mich zwang, zurückzulächeln, ob ich wollte oder nicht.

»Wunderbar«, sagte ich.

Wir gingen nebeneinander über die gekieselten Wege der Anlage. Sie zog meinen Trolley, wovon ich sie nicht hatte abbringen können.

Was mich wunderte, war die hochsommerliche Uniform der Animateure. Alle trugen das Gleiche, die Männer allerdings in Shorts statt Rock, deren Stoff auch weniger geblümt wirkte. Klar, man wollte Sommerstimmung verbreiten, dafür hatte Francesca aber auch Gänsehaut auf ihren Armen.

Ich fragte, woher sie komme.

»Italia«, sagte sie und lächelte.

Ich erzählte von meinem Praktikum in Rom.

Aber dann spreche ich doch sicher Italienisch?

»Alles längst wieder vergessen«, sagte ich, zuckte mit den Schultern und fragte, an wen man sich eigentlich wenden müsse, wenn man sich für Tennis interessiere, ich wolle unbedingt einen Kurs machen.

»Völlig unproblematisch«, sagte Francesca. Ich solle einfach zu den Tennisplätzen gehen, da sei immer jemand, der mir weiterhelfen könne.

Wir standen vor meinem kleinen Steinbungalow, der mir sofort gefiel.

Francesca wünschte einen schönen Urlaub, wir sähen uns doch gleich noch am Pool?

Das Zimmer nicht riesig, aber vollkommen ausreichend. Ein großes Doppelbett, im einen Eck ein kleiner Schreibtisch, im anderen eine Minibar, Bad mit Dusche, die Fliesen in Ocker und Indischrot. Ich schaute nach dem Modell des Brausekopfs, tauschte mein Hemd gegen ein Poloshirt, hängte die Winterjacke in den Schrank, damit ich sie nicht mehr sah, und machte mich auf den Weg zurück zum Pool. Vorsichtshalber hatte ich den Plan dabei, der aber nicht nötig gewesen wäre, weil überall kleine Holzschilder in Form von Pfeilen angebracht waren, auf denen *Rezeption*, *Restaurant*, *Theater* und alles Mögliche stand. Unterwegs musterte ich natürlich jede Frau, die mir entgegenkam, ob es nicht zufällig Maren war, hatte aber kein Glück. Abgesehen davon wusste ich sowieso nicht, was ich dann getan hätte; wahrscheinlich hätte ich ihr einfach nur erstaunt hinterhergeschaut.

Am beleuchteten Pool standen alle herum und warteten. Ich kam, als der Bus vom Flughafen mit den Münchnern eintraf. Zwei Barkeeper begannen hinter einem langen Tisch Caipirinhas zu mixen und die fertigen Gläser griffbereit anzuordnen, die Animateure formierten sich als Spalier, plötzlich tönte fetzige Musik aus Lautsprechern. Die Gäste stiegen aus, die Spalierstehenden fingen an rhythmisch zu klatschen und setzten ein strahlendes Gesicht auf. Ich war froh, mich für das Taxi entschieden zu haben, hatte aber das Gefühl, dass den Ankommenden die Show gefiel.

Man griff zum Cocktail, prostete sich zu, war sofort in Urlaubsstimmung, was ja Sinn und Zweck des Ganzen sein sollte. Ich mischte mich unter die anderen, nahm mir ebenfalls ein Glas und saugte am Strohhalm, während die Musik leiser gedreht wurde, damit uns Wolfgang, der Clubchef, begrüßen konnte. Eine rheinische Frohnatur, das merkte man sofort. Selbst am Ende der Saison strahlte er uns an, als freute er sich mit uns auf diese Woche hier im Club. Um das Gepäck brauche sich keiner Sorgen zu machen, das werde gerade von den Heinzelmännchen ausgeladen und automatisch in unsere Zimmer gebracht. Eine tolle Zeit stünde bevor, mit großartigem Wetter, heute habe es siebenundzwanzig Grad gehabt, herrlich, er beneide uns, denn er müsse ja arbeiten.

Wie das Leben im Club so ablaufe, würden wir schnell merken, bekämen an der Rezeption auch Informationsmaterial, er wolle nur Grundsätzliches erzählen, an erster Stelle auf das Essen zu sprechen kommen, das, wir dürften ihm ruhig glauben, hervorragend sei. Morgens Frühstücksbuffet auf der herrlichen Terrasse vor dem Restaurant, mittags großes Buffet im Palmen- und Kiefernwäldchen mit allem, was das Herz begehre, Fleisch oder Fisch gegrillt, Pasta, Reis, Salat, Obst, Joghurt, Säfte und und und, dort drüben könnten wir übrigens das Wäldchen erahnen. Abends sitze man am Achtertisch und werde bedient, der Tischwein sei inklusive. Getränke an der Bar müssten extra bezahlt werden, aber nicht mit Dinar, auch nicht mit Euro, sondern mit den bunten Plastikkügelchen, von denen wir bestimmt schon gehört hätten und die wir an der Rezeption kaufen könnten. Die Nutzung sämtlicher Sportmöglichkeiten sei selbstverständlich gratis. Manchmal müsse man sich vormerken lassen, beim Segeln und Tennis herrsche normalerweise viel Betrieb, vor allem in der Hochsaison, jetzt natürlich nicht mehr, ein klarer Vorteil für uns, das hätten wir prima ausgesucht. Im Dezember schließe der Club, eröffne wieder im März, wir seien sozusagen der krönende Abschluss. Am Abendprogramm ändere das selbstverständlich nichts, meist eine Musicalshow, die fantastisch sei. Disco im Anschluss bis in die Morgenstunden, Lärmbelästigung entstehe dadurch aber keine, wir könnten ganz beruhigt sein, die Disco befände sich im äußersten Eck des Geländes, das riesig sei, wie wir noch merken würden. Und jetzt könne er uns allen nur einen wunderschönen Aufenthalt wünschen. Gäbe es irgendwelche Probleme, sollten wir jederzeit zu ihm kommen, er finde immer eine Lösung. Und darauf wolle er gern mit uns anstoßen.

Wir erhoben die Gläser und tranken. Anschließend applaudierten alle, Wolfgang, die Gäste, die Animateure, die Barmixer und sogar ich.

Danach verlief es sich. Vor der Rezeption bildete sich eine Schlange, andere blieben noch am Pool stehen und plauderten, manche gingen zu ihren Zimmern.

Ich hatte Lust auf Bewegung, nachdem ich den ganzen Tag gesessen hatte, und machte mich auf in Richtung Meer.

Das Schild *Zum Strand* stand an allen Stellen, an denen man vielleicht hätte falsch gehen können, wobei falsch gehen ja nur hieß, einen minimalen Umweg zu machen.

Je weiter ich mich vom Pool entfernte, desto ruhiger wurde alles. Einmal Gelächter, ein Grüppchen saß auf der Terrasse.

Kam jemand entgegen, grüßte man sich ganz selbstverständlich.

Nach einer Biegung stand ich am Meer.

Es war zugegeben traumhaft: ein breiter, scheinbar endloser Strand, die rauschende, weiß leuchtende Brandung, der Sternenhimmel, noch dazu war ich vollkommen allein, weit und breit kein Mensch zu sehen.

Ich stapfte durch den Sand ans Wasser, zog Schuhe und Socken aus, krempelte die Hosenbeine hoch und watete ein Stückchen ins Meer. Es fühlte sich wärmer an als gedacht, ich war angenehm überrascht und überlegte, am nächsten Tag schwimmen zu gehen.

Während ich weiter den Strand entlangschlenderte, drehte

ich mich ab und zu um, sah aber nie jemanden. Nach einer Weile kam ein hoher Holzzaun, der sich quer über den Strand bis ins Wasser zog. Ich suchte nach einer Tür, als mich plötzlich ein Tunesier mit seiner Taschenlampe anleuchtete und ziemlich laut irgendwas auf Arabisch rief.

Natürlich erschrak ich zu Tode.

Im selben Moment erkannte mich der Mensch als Clubgast, vermutlich nicht nur wegen meines Bändchens, und entschuldigte sich in gebrochenem Englisch. Er sei von der Security und passe auf, dass sich hier keiner einschleiche.

Ich nickte, noch immer erschrocken, drehte um und ging zurück, diesmal weniger schlendernd, sondern eher zügig. Erst als ich wieder im Gebiet der Bungalows war, wurde ich langsamer.

In meinem Zimmer setzte ich mich aufs Bett und schrieb Anne eine SMS, ich sei gut in Tunis angekommen.

»Hi Shelly!«

»Hi Sweeti!«

Shelly kommt hinter dem großen Frühstücksbuffet vor, wir lächeln uns an, küssen uns zur Begrüßung rechts und links auf die Wange. Mit fast allen hier verstehe ich mich gut, aber mit Shelly ist es etwas Besonderes. Wenn wir frei haben, treffen wir uns oft an der Bar oder spazieren am Strand entlang oder machen sonst irgendwas, es ist eigentlich egal, Hauptsache, wir sind ungestört und können reden.

Vor einem Jahr haben wir uns hier auf Barbados kennengelernt. Ich kam von einem Club aus Mexiko, Shelly fing neu an, Barbados ist ihre erste Station. Sofort fand ich sie sympathisch, vom ersten Augenblick an, ich meine, ich kannte sie überhaupt nicht, wusste nichts von ihr, da war nur dieses Gefühl, und ihr ging es genauso, wie sie mir später erzählte. Shelly stammt aus Florida, eine Großmutter ist Kubanerin. Man merkt das karibische Blut in ihr, nicht nur wegen ihrer milchkaffeebraunen Haut und den pechschwarzen Haaren. Es ist diese Dauerentspanntheit. Auch der größte Stress am Buffet ändert daran nichts, wenn alle auf einmal kommen und alles sofort haben wollen. Ich bewundere ihre Ruhe, dabei ist sie erst Mitte zwanzig. Wenn ich nur daran denke, wie ich in dem Alter war. Das sind zwei Welten. Der Altersunterschied zwischen uns spielt überhaupt keine Rolle, obwohl es fast zwanzig Jahre sind. Aber das hat ja auch nichts mit dem Lebensgefühl zu tun, das in einem ist. Es hat mich schon immer gestört, wenn man mit einem bestimmten Alter ganz automatisch eine Lebenssituation koppelt. Wie man sich zu benehmen hat, was man erreicht haben muss, in welchen Beziehungen man lebt. Ich meine, was soll das. Eine Zahl als Maßstab, statt den Menschen zu sehen. Es ist mir noch nicht gelungen, mein Geburtsdatum zu vergessen, wahrscheinlich gelingt einem das nie, höchstens im Zustand fortgeschrittener Demenz, außerdem hat jeder einen Pass, wo es schwarz auf weiß steht, wenn man mal Zweifel hat, aber ich bemühe mich, nicht daran zu denken. Wozu? Hier im Club, und das ist sicher ein Grund, wieso ich mich so wohlfühle, zählt das Alter nicht, zumindest nicht untereinander. Vielleicht weil wir alle per Du sind, oder mit der gleichen Clubkleidung ausgerüstet, die allen zeigt, wir gehören zusammen, wir sitzen im selben Boot. Wahrscheinlich wirkt sich auch diese lockere Urlaubsstimmung aus. In Mexiko war es nicht anders, ich habe es eigentlich nie anders erlebt.

Davon abgesehen gebe ich mich keiner Illusion hin. So naiv bin ich nicht, als dass ich nicht wüsste, irgendwann wird der Zeitpunkt kommen, an dem ich als Tennislehrerin nicht mehr ins System passe und aussortiert werde. Nicht weil ich nicht mehr mithalten könnte, sondern allein wegen des Alters. Die Gäste schätzen mich bislang noch jedes Mal deutlich jünger, als ich in Wirklichkeit bin, nicht nur aus Höflichkeit, oder weil sie mit mir flirten wollen, was viele wollen, vor allem natürlich diejenigen, die allein oder mit ihren Kumpels hier sind, sondern weil sie der festen Überzeugung sind, ich sei Anfang, höchstens Mitte dreißig. Ich genieße es, zugegeben. Sehr sogar. Zehn Jahre, schätze ich, vielleicht auch fünfzehn, werde ich hier noch arbeiten können. Was dann kommt? Ich weiß es nicht. Ich weiß es wirklich nicht, aber auch daran versuche ich nicht zu denken. Ich lebe jetzt und hier, und was in zehn Jahren sein wird, weiß niemand. Irgendwas wird sich bis dahin ergeben, ich bin positiv gestimmt, was meine Zukunft betrifft. Meine früheren Ängste kamen immer daher, dass ich mich fragte, wie wird sich dies und wie wird sich jenes entwickeln und was mache ich, wenn dieses oder jenes passiert, und wie verhalte ich mich und was wird sein, wenn es dann noch schlimmer wird, und wie werde ich das überstehen und wie kann ich vorsorgen, dass dies alles so nicht eintritt, wie kann ich also die Kontrolle über das behalten, was in Zukunft geschehen wird. Es ist paradox. Dabei ist man viel glücklicher, wenn man sich auf den Augenblick konzentriert, auf das, was ist, und nicht auf das, was sein könnte.

Müsli, Milchkaffee, Joghurt, Obst, frisch gepresster Orangensaft. Manchmal denke ich, mich nicht immer an meinen Lieblingstisch setzen zu müssen, sondern auch mal abzuwechseln, sonst wird man noch irgendwann ein kleines Messingschild mit meinem Namen an ihm befestigen, aber man hat von hier aus den besten Blick aufs Meer. Um diese Zeit liegt es in der Morgensonne glitzernd ganz ruhig und tiefblau da. Im Lauf des Tages frischt der Wind meistens auf, gegen Mittag kann es ganz schön stürmisch werden, und das Meer ist dann übersät von weißen Schaumkronen, aber morgens kommt alles erst allmählich in Schwung. Noch sitzt kaum jemand auf der großen Terrasse unter den aufgespannten Sonnenschirmen, ein paar Tische sind von irgendwelchen Frühaufstehern belegt, aber sonst herrscht gähnende Leere. Shelly wartet auf den Ansturm, der immer erst gegen neun einsetzt. Sie macht Blödsinn hinter ihrer Theke und grinst zu mir herüber. Ich deute auf meine Uhr, um sie an unsere Verabredung am Nachmittag zu erinnern. Sie albert herum und tut so, als müsse sie sich das erst noch mal ganz genau überlegen.

Morgen um diese Zeit sitze ich im Flugzeug nach Deutschland. Ich bin unheimlich aufgeregt, wenn ich daran denke. Heute ist mein letzter Tag im Club, ich habe zwei Wochen frei, erst im neuen Jahr komme ich zurück, am dritten. In meinem Zimmer steht der halb gepackte Koffer, heute Abend werde ich den Rest zusammensuchen, und morgen geht es früh um sechs zum Flughafen. Ich nehme das Shuttle, mit dem die deutschen Gäste abreisen. Pro Jahr hat man einen Heimflug frei, natürlich in der Economy und immer auf Abruf, was heißen soll, man weiß, in welcher Woche man vermutlich fliegt, aber nicht, an welchem Tag, das erfährt man erst kurzfristig. Gestern Nachmittag habe ich bei Elizabeth das Ticket abgeholt, jetzt kann eigentlich nichts mehr schiefgehen.

Als mich Irene einlud, sie über Weihnachten in Berlin zu besuchen, habe ich lange gezögert. Einerseits war ich unheimlich neugierig, wie sich das anfühlen würde, wieder dort zu sein, durch die Stadt zu gehen, in der ich mein halbes Leben verbrachte, und zu sehen, was sich verändert hat, wie in meiner Erinnerung das eine oder andere schon ein wenig verzerrt ist und mir an bestimmten Stellen bestimmte Begebenheiten wieder in den Sinn kämen, an die ich hier niemals denke. Doch neben der Neugierde und natürlich der Freude, Irene wiederzusehen, spüre ich auch Angst davor, was diese Reise mit mir machen wird. Vielleicht habe ich deshalb ihr Angebot nicht angenommen, während der Dauer meines Aufenthaltes bei ihr im Gästezimmer zu übernachten, und mir lieber ein Hotelzimmer gebucht. Mir ist es wichtig, einen Rückzugsraum zu haben, allein sein zu können, wenn mir danach ist. Trotzdem dauerte es nach meiner Entscheidung, sie zu besuchen, noch eine ganze Weile, bis ich mich damit arrangierte, ich rang damit, das ist sicher richtig, und erst in den letzten zwei, drei Wochen, als alles näher rückte und konkret wurde, greifbar, erst da begann ich mich wirklich darauf zu freuen. Obwohl ich nach wie vor dieses merkwürdige Kribbeln in mir fühle, das nicht meiner Freude zugerechnet werden kann.

Morgen also, an Heiligabend, der Flug mit Condor, Bridgetown – Frankfurt, neun Stunden. Um 8:20 Uhr heben wir ab und kommen um 23:40 Uhr Ortszeit in Frankfurt an. Ich werde im Garden Inn am Flughafen übernachten, am nächsten Tag weiter nach Berlin fliegen, Ankunft dort gegen 16:00 Uhr. Dann mit dem Bus zum Hauptbahnhof, mein Hotel liegt ganz in der Nähe. Vielleicht mache ich anschließend einen Weihnachtsspaziergang an der Spree entlang bis zur Friedrichstraße, gehe sie einmal rauf und wieder runter, wegen der glänzenden Lichter, gerade an Weihnachten, die ich immer mochte, weil sie in der Zeit, wenn es um vier oder halb fünf dunkel wird, was ich immer schon hasste, irgendwie trotzig wirken. Eigentlich konnte ich dem Glanz und Glamour nie etwas abgewinnen, ich bin nie ins KaDeWe oder in die Galeries Lafayette gegangen, um mir etwas besonders Schickes oder Elegantes zu kaufen, trotzdem ich mich gern modisch anziehe, aber eben nicht aus solchen Läden. Es geht mir nur um das Licht. Und um die Stimmung, die nach dem ganzen Weihnachtseinkaufsstress wahrscheinlich sehr angenehm sein wird, ruhig, besinnlich, auf die ich mich freue, denn hier findet man das natürlich nicht. Es hat jetzt schon um die fünfundzwanzig Grad, am Nachmittag werden es wie immer knapp dreißig sein, in der Nacht nie weniger als zweiundzwanzig, dreiundzwanzig. Zwischen Sommer und Winter kaum ein Unterschied, sieht man von den Regentagen ab, aber Regen bei dreißig Grad ist etwas Herrliches.

Manchmal mache ich dann eine Runde durch die Anlage, ans Meer und wieder zurück, bis ich klatschnass bin. Ich fühle mich in diesen Momenten unheimlich lebendig.

In meinem Schrank sind T-Shirts, ein paar dünne Pullover, Blusen, Röcke, Jeans, Trainingshosen, Unterwäsche, und Bikinis natürlich. Mehr brauche ich nicht. Für Deutschland im Winter bin ich gar nicht ausgerüstet, ich muss mir erst mal eine warme Jacke zulegen, wenn ich dort bin, und feste Schuhe. Schnee, Eis, Matsch, Kälte, das kommt mir vor wie aus einem anderen Leben. Trotzdem fühlt sich Weihnachten unter Palmen für mich immer noch merkwürdig an, das bekomme ich wahrscheinlich nie mehr los, woran auch nichts ändert, dass seit ein paar Tagen in dem großen Empfangsraum bei der Rezeption ein Weihnachtsbaum steht, mit Christbaumkugeln, elektrischen Kerzen und Lametta.

Es wird Zeit für mich, zurück in mein Zimmer zu gehen, die Tennistasche zu holen und mich auf den Weg zu den Plätzen zu machen. In zwanzig Minuten beginnt der Unterricht. Zuerst eine Gruppe Anfänger, von neun bis elf, anschließend Fortgeschrittene bis eins. Dann Mittagspause, wie immer werde ich mich mit den anderen an unserem Stammtisch beim großen Buffet treffen. Normalerweise geht es um fünfzehn Uhr mit dem Training weiter, wenn die größte Mittagshitze vorbei ist, bis in die Nacht, die letzten Trainingsstunden enden um zweiundzwanzig Uhr, aber für mich ist nach dem Vormittag Schluss. Raimond hat mir frei gegeben, damit ich in Ruhe packen kann. Um vier werde ich mich mit Shelly treffen, wir wollen zusammen einen Tauchgang machen, als Abschied sozusagen, in der Abenddämmerung. Die Zeit müsste eigentlich reichen, um wieder an der Oberfläche zu sein, bevor es völlig dunkel ist, gegen halb sechs geht die Sonne unter. Zum Abendessen gibt es heute fliegende Fische, ich habe es auf der Speisenkarte gelesen, das Nationalgericht. Barbados, *Land of the Flying Fish*, ich könnte jeden zweiten Tag welche essen. Shelly findet sie eklig und nimmt immer das Alternativmenü mit Fleisch. Wir werden noch was an der Bar trinken und uns dann verabschieden. Ich sehe schon vor mir, wie wir uns drücken und nicht loslassen wollen.

Die Aufregung, je näher der Abflug kommt, wird immer spürbarer, es ist mehr als nur Reisefieber, wie sollte es auch anders sein. Ich bin froh um die Ablenkung durch das Tennis in den nächsten Stunden.

Djerba, 17. November

Natürlich war es Maren. Es gab nicht den geringsten Zweifel, das sah man einfach auf den ersten Blick. Lächelnd kam sie auf uns zu und begrüßte jeden mit Handschlag: Ihr Name sei Maren, sie sei während der nächsten Woche unsere Trainerin.

Als sie mir die Hand reichte und mich anlächelte, überzeugend anlächelte, es wirkte ehrlich, zögerte ich für einen Augenblick. Braungebrannt und durchtrainiert, in Tennisschuhen, hellblauen Shorts und weißem Poloshirt, auf der Rückseite das Clubemblem aufgestickt, stand sie mir gegenüber und strahlte Zufriedenheit aus, mehr noch, ich fand spontan, sie wirkte glücklich. Vielleicht war sie mir gerade deshalb unsympathisch. Ich hatte Bertholds Bild vor Augen, dieses andauernd angestrengte Gesicht, ich dachte daran, was er von Sandra erzählt hatte, und hier also war Maren, die den Eindruck machte, sie lebe im Paradies. Die Hand noch immer ausgestreckt vor mir, konnte ich trotzdem nicht anders, als zuzugreifen, vielleicht halbherzig, aber lächelnd, um mir nichts anmerken zu lassen. Ihr Händedruck nicht unangenehm, ich spürte ihre warme, weiche Hand und sagte: »Joachim, ich heiße Joachim, aus Berlin.«

»Freut mich«, sagte Maren und wandte sich Sabine und Rudolf aus Augsburg zu, die neben mir standen. Die beiden schienen überrascht, von einer Frau trainiert zu werden, Rudolf schaute im ersten Augenblick sogar ziemlich bedröppelt, hatte ich den Eindruck.

Unser Kurs täglich von zehn bis zwölf. Wir hätten Glück, weil wir nur so wenig seien, das Ende der Saison mache sich bemerkbar. Natürlich könnten wir darüber hinaus die Plätze nutzen, wie wir wollten. Das Niveau sei gleich, alles blutige Anfänger, ob jemand überhaupt schon mal einen Schläger in der Hand gehabt habe? Nein? Das mache überhaupt nichts, wir würden schon sehen, es sei kein Hexenwerk, nach dieser Woche seien wir fast schon Profis.

Maren grinste.

Sabine sagte, sie glaube, das bekomme sie nie hin.

Wenn sie die Flinte schon vorher ins Korn werfe, erwiderte Rudolf, brauche sie gar nicht erst anfangen.

»Jetzt geht's los«, sagte Maren.

Um uns aufzuwärmen, kreisten wir mit den Armen.

Anschließend ein paar Runden um den Platz in lockerem Dauerlauf. Es gab fünf Plätze nebeneinander, wir waren in der Mitte, die Plätze unmittelbar neben uns frei, auf den äußeren beiden spielte jemand.

Schnaufend standen wir im Halbkreis, Maren demonstrierte, wie man den Schläger hielt, Ausholbewegung, Vorhand, Rückhand, Körperhaltung. Wichtig sei, immer den Ball anzuschauen, nicht dahin, wo man spielen wolle, sondern sich nur auf den Ball zu konzentrieren, das Drumherum auszublenden und versuchen, mit dem Zentrum der Schlagfläche zu treffen.

Mehr gäbe es eigentlich nicht, sagte Maren.

Wir stellten uns mitten auf den Platz an die Linien der Aufschlagfelder, Sabine, Rudolf und ich nebeneinander auf der einen, Maren mit einem großen Ballkorb auf der anderen Seite.

Abwechselnd spielte sie uns Bälle zu, die wir zurückschlagen sollten.

Den Ball zu treffen gelang halbwegs, vor allem auf die kurze Distanz, schwieriger allerdings, ihn kontrolliert zurückzuspielen.

Nach einer Minute war Marens Korb leer, dafür lagen die Bälle überall verstreut in der Gegend herum. Maren demonstrierte, wie man sie mit Fuß und Schläger aufhob, ohne sich bücken zu müssen.

Wir bückten uns.

Dann versuchten wir wieder, mit möglichst ruhiger Ausholbewegung zu treffen.

Die zwei Stunden vergingen schneller, als ich geglaubt hatte. Sabine und Rudolf zogen den Platz ab, ich stand verschwitzt neben Maren und fragte sie, ob es eigentlich möglich sei, auch Einzelstunden zu nehmen.

»Gar kein Problem«, sagte sie, »wann willst du denn?«

»Am liebsten gleich heute Nachmittag!«

»Wie wär's mit 16:00 Uhr?«

»Prima«, sagte ich.

»Die ganze Woche?«

»Wenn das machbar wäre?«

»Klar ist das machbar.«

»Großartig!«, sagte ich und ging zusammen mit Sabine und Rudolf zurück zu unseren Bungalows.

Die Idee mit den Einzelstunden kam mir spontan, ich wollte Maren einfach besser kennenlernen. Dass es diese Stunde jetzt jeden Tag geben würde, hatte ich nicht beabsichtigt, aber in dem Moment, als sie mich fragte, musste ich etwas sagen und fand es im Zweifel besser, erst mal darauf einzugehen. Schließlich zwang mich niemand, alle Termine dann auch tatsächlich wahrzunehmen. Davon abgesehen, hatte mir unsere erste Stunde Spaß gemacht. Es war erstaunlich entspannend, Bälle über ein Netz zu schlagen, man dachte an nichts anderes mehr und konzentrieret sich nur noch darauf. Ich hätte es viel früher schon ausprobieren sollen, dachte ich und überlegte, ob ich vielleicht in einen Tennisclub eintreten sollte.

Mit den Armen vor der Brust verschränkt ließ ich es auf mich herabströmen, das ganze Bad dampfte, es war herrlich.

Natürlich hatte ich Maren, kaum dass sie uns begrüßt hatte, nicht einfach auf den Kopf zusagen wollen, sie habe doch vor einem Jahr ihre Familie im Stich gelassen und sei abgehauen. Womöglich noch, während sie mir die Hand entgegenstreckte. Das war nicht der richtige Augenblick, außerdem blieb noch Zeit genug, ich brauchte wirklich nichts überstürzen.

Eine Ewigkeit verging, bevor ich mich endlich dazu aufraffen konnte, das Wasser abzudrehen. Der Spiegel völlig beschlagen, ich musste ihn erst freiföhnen und beobachtete, wie allmählich mein Gesicht sichtbar wurde. Keine Spur mehr von der bleichen Haut, ich wirkte sogar leicht gebräunt, was natürlich Unsinn war.

Nackt legte ich mich aufs Bett und streckte alle viere von mir. Ich spürte die körperliche Anstrengung, aber es war ein angenehmes Gefühl, mit schweren Gliedern dazuliegen und nichts zu tun, als an die Decke zu schauen. Die Terrassentür war offen, laue Luft wehte herein, dazu Stimmen von Menschen, die in der Nähe vorbeigingen. Ich dachte an Maren, wie sie lächelnd auf dem Platz stand und Bälle schlug, mit dieser Ausstrahlung, die mich irritierte. Es war mir unbegreiflich, woher sie diese Sicherheit nahm, als sei alles in bester Ordnung.

Allmählich dämmerte ich weg.

Ich liebe diesen Zustand zwischen Bewusstsein und Schlaf, dieses Schweben, doch plötzlich richtete ich mich mit einem

Ruck auf. Mir wurde schwindelig, eigentlich hätte ich viel lieber weitergedöst, aber ich war mit Sabine und Rudolf zum Essen am Buffet verabredet und musste los.

15°, leichte Bewölkung, frühlingshaft.

Ich konnte es nicht glauben und musste zweimal hinsehen. Auf der Internetseite der *Tagesschau* stand bei der Wettervorhersage zusätzlich ein Riesenartikel von irgendeinem Diplommeteorologen, der ausführlich erläuterte, weshalb in Berlin Ende November der Frühling eingekehrt war. Nur für ein paar Tage, aber immerhin.

Ich hatte mit Eis und Schnee gerechnet, zumindest Nieselregen oder Nebel erwartet, bei Temperaturen knapp über dem Gefrierpunkt.

Klar war es albern, dass ich deshalb schlechte Laune bekam.

Vielleicht lag es auch an diesem Kabuff hier, das zum Club überhaupt nicht passte. Eng, klein, dunkel, gerade mal zwei Plätze. Offenbar konnte man auf Internet nicht völlig verzichten, irgendwas musste man anbieten, wenn auch so unbequem wie möglich. Der Gast sollte offline sein, das verstand ich, deshalb gab es auch nirgends Zeitungen.

Um auf dem Laufenden zu sein, was meine Arbeit betraf, war ich in diese Dunkelkammer hier gegangen und hatte mich an einen der Computer gesetzt. Auch wenn ich so tat, ich war hier nicht im Urlaub und durfte nicht alles schleifen lassen. Meine eigentliche Arbeit hatte ich sowieso in den letzten Wochen wegen der Reportage über Maren vernachlässigt, der Filmredakteur machte schon komische Andeutungen. In ein paar Tagen würde ich wieder in Berlin sein und konnte es mir nicht leisten, keine Ahnung mehr zu haben.

Siebenundsechzig ungelesene Nachrichten. Einladungen zu Pressevorführungen, Ankündigungen von Filmstarts, Berichte von Dreharbeiten, gewonnenen Preisen usw.

Zuletzt die Seite der *Tagesschau*, auch wegen den Nachrichten.

Um endlich raus aus dem Kabuff zu kommen, wollte ich den Computer schon ausschalten, konnte es dann aber nicht lassen und googelte noch schnell *Augsburg, Rathausplatz, Apotheke*. Ich war einfach neugierig, wie das Geschäft von Rudolf und Sabine aussah, von dem sie beim Essen erzählt hatten, und klickte auf ihre Homepage.

Was Maren betraf, waren wir uns sofort einig gewesen. Sie sei eine gute Trainerin, fanden wir unisono. Geduldig, einfühlsam, das habe man sofort gemerkt. Rudolf hatte mitbekommen, dass ich zusätzlich Einzelstunden bei ihr nahm, und grinsend gesagt, ich wolle wohl wirklich Profi werden.

Ich sah ein schön renoviertes Fachwerkgebäude, große Schaufensterscheiben, darüber in roten Buchstaben der Schriftzug *Apotheke*. Vor zehn Jahren hatten sie das Geschäft übernommen, deshalb auch der Cluburlaub, zum Jubiläum. Sie wollten sich etwas Besonderes gönnen, nachdem sie die ganzen Jahre davor überhaupt keinen Urlaub gemacht hatten.

»Du kannst da kein Schild hinhängen, Jo«, hatte Sabine gesagt, »wo draufsteht *Sind in Ferien*, und den Laden abschließen. Da brauchst du hinterher gar nicht mehr aufmachen. Gibt ja noch mehr Apotheken in Augsburg und überall bekommt man das Gleiche. Eine Vertretung einzustellen, wäre die Lösung, logisch, aber dann gehst du eben auch das Risiko ein, einem Fremden die eigene Existenz anzuvertrauen.«

»Dafür läuft das Geschäft«, hatte Rudolf ergänzt. »Da hast du wenigstens den Eindruck, die ganze Arbeit lohnt sich. Auch wenn wir abends kaputt sind. Schau uns doch an, Sabine. Wir glotzen noch ein bisschen fern und das war's. Nach zwölf Stunden bist du einfach am Ende, Jo, da müssen die Batterien wieder aufgeladen werden, sonst kippen wir am nächsten Tag irgendwann um. Und das ist keine gute Werbung, wenn der Apotheker vom Rettungsdienst rausgetragen wird.«

Wir hatten gelacht und uns wieder um die gegrillten Lammkoteletts gekümmert, die einfach hervorragend schmeckten.

Der Club, hatte Sabine noch geschwärmt, sei eine einmalige Gelegenheit, um mal so richtig abzuspannen. Alles loszulassen, keine Verantwortung mehr zu haben, nur noch Angebote wahrzunehmen. Schlaraffenland, leider nur für eine Woche. Ihre Tochter Marie sei gerade fertig geworden mit dem Studium und vertrete sie zum ersten Mal in der Apotheke.

Natürlich hatten sie mich im Gegenzug auch gefragt, womit ich meine Brötchen verdiene, und wieso ich überhaupt allein hier sei. Ich hatte von meinen Kritiken erzählt, Anne aber nicht erwähnt, ich wusste nicht, warum, vielleicht weil ein Single-Urlaub leichter zu erklären war. Schließlich liefen hier außer mir noch genügend andere solo herum, wenn auch um diese Jahreszeit hauptsächlich ältere Paare überwogen.

Nach dem Essen hatten wir uns getrennt, die beiden wollten an den Pool, ich in mein Zimmer.

Dann stand ich wieder auf roter Asche und schlug Bälle zurück, die mir Maren jedes Mal auf den exakt gleichen Punkt in exakt gleichem Tempo servierte, ich wusste nicht, wie sie das machte. Die erste Viertelstunde Vorhand, anschließend eine Viertelstunde Rückhand, was schwieriger war, aber Maren sagte, sonst entwickelten sich beide Schlagarten nicht gleich stark.

Man stand und schlug.

Plopp, Pause, Plopp, Pause, Plopp, Pause.

Es war anstrengender als zusammen mit Sabine und Rudolf, ich musste mich konzentrieren, aber es ging mir sofort wieder wie am Vormittag. Ich dachte an nichts anderes als an den nächsten Schlag, schaltete völlig ab, es gab für mich in diesem Moment nur rote Asche, ein Netz, Bälle und Maren, die mir seelenruhig einen Ball nach dem anderen zuspielte.

Plopp, Pause, Plopp, Pause, Plopp.

War ihr Korb leer, suchten wir die Bälle wieder zusammen. Unsere Seiten wurden durch das Netz getrennt, was mir angenehm war, aber zum Aufheben der Bälle musste ich in ihre Hälfte, weil dort die meisten lagen. Manchmal trafen wir uns bei ihrem Korb, obwohl ich es so gut wie möglich vermied, da ich ihr einfach nicht so nah kommen wollte. Womit ich allerdings überhaupt nicht rechnete, war, dass sie einmal mitten in einem Ballwechsel auf meine Seite kam, mich geradezu überrumpelte, sich ganz dicht hinter mich stellte und meine Schlaghand ein paarmal führte. Meine Ausholbewegung sei noch verbesserungswürdig.

Ich fühlte ihren Atem in meinem Nacken, ihre Hand auf meiner, roch ihr dezent aufgetragenes Parfüm, das ich mochte, und verkrampfte völlig. Nach dem dritten oder vierten Probeschlag versicherte ich ihr, ich hätte es jetzt verstanden, es sei mir alles ganz klar, und versuchte mich aus ihrer Umklammerung zu befreien, aber sie ließ einfach nicht los, machte weiter Ausholbewegungen mit meinem Arm, sie säßen noch nicht richtig, das spüre sie, während ich mich herauswinden wollte, sie aber, so glaubte ich, immer fester zupackte.

Erst als sie nichts mehr auszusetzen hatte, ging sie wieder auf ihre Seite.

Ich war völlig verschwitzt.

Wir schlugen weiter Bälle.

Nach einer Stunde wurde ich von einem anderen Gast abgelöst. Als ich mich von Maren mit Handschlag verabschiedete, muss ich sie irgendwie merkwürdig angeschaut haben, jedenfalls fragte sie mich, ob noch etwas sei.

»Nein, wieso?«, sagte ich und schüttelte den Kopf, »alles bestens!«

Amuse-bouche.

Salat von bretonischem Hummer mit Avocado und Melone.

Seezungenfilet mit Schwarzwurzel, Wintertrüffel und Petersilie.

Bar de ligne auf Bouillabaissecreme mit Jakobsmuschel und Tortelloni.

Schokoladenpavé mit Tonkabohne, Pistaziencreme und Quittensorbet.

Fünf Gänge am Achtertisch. Man wurde platziert, ich saß bei einer Gruppe aus Hannover, die eigentlich ganz nett war. Drei Paare und Karlheinz, ein Witwer. Vor einem halben Jahr war seine Frau gestorben, den Aufenthalt im Club schien er trotzdem zu genießen. Das dürfe ich aber nicht falsch verstehen, sagte er, als er sah, dass ich mich zumindest wunderte. Unfassbar sei das gewesen, als sie abends mit ihm ins Bett gegangen sei und am nächsten Morgen nicht mehr aufgewacht. Unbegreiflich. Sie habe ja keine Krankheit gehabt, wo man wisse, das gehe nicht mehr lang, und sich darauf einstellen könne, keine Spur, überhaupt nichts sei da gewesen. Einfach zack und aus. Das habe ihn umgehauen. Dieses Klischee, wo der Übriggebliebene sich nicht traue, etwas von dem anderen, der nicht mehr da sei, wegzuräumen, Zahnbürste, Kleider, Schuhe, das sei eben kein Klischee, das sei die Wirklichkeit. Aber nach ein paar Monaten habe er sich gefragt, ob das jetzt so weitergehen solle, bis er auch eines Morgens nicht mehr aufwache. Er sei ja alter Sechsundneunziger, seit zig Jahren gehe er zu den Heimspielen, aber dann sei ihm ausgerechnet der Frankfurter Stepanovic in den Sinn gekommen, wie der damals nach dem verschossenen Elfmeter, mit dem sie Meister geworden wären, gesagt habe, *Lebbe geht weiter*. Und er finde, der habe recht. Leicht sei es nicht gewesen, aber irgendwann habe er die Zahnbürste weggeworfen und die Kleider in den Schrank gehängt. Die Idee mit dem Club sei ja dann auch von ihm gewesen, normalerweise seien sie sonst immer in Appartements oder in den üblichen Hotels, aber er habe das Gefühl gehabt, dass er das mal ausprobieren sollte. Die anderen seien auch gleich einverstanden gewesen. Tja, und jetzt seien sie eben hier.

Ich nickte und löffelte Quittensorbet.

Später gingen wir noch zusammen in die Bar und tranken ein paar Bier. Gegen elf verabschiedete ich mich, ich fühlte mich müde, das Tennis steckte mir in den Knochen. Kaum lag ich im Bett, schlief ich ein.

Djerba, 18. November

Die Wellen rollten an, türmten sich auf zu grünen Walzen, überschlugen sich im ohrenbetäubenden Chaos und spülten schäumend den Sand hinauf.

Eigentlich wollte ich baden, aber an der Rezeption hing ein Warnhinweis, wegen der Brandung, die unter der Oberfläche Strudel erzeuge. Es bestehe Gefahr, aufs Meer hinausgezogen zu werden.

Bei den Jollen, die unbenutzt fein säuberlich aufgereiht am Strand lagen, blieb ich kurz stehen und bekam Lust, an einem der nächsten Tage eine auszuleihen.

Am Vormittag hatte ich mich wieder verkrampft.

Diesmal nicht, weil Maren mir auf Tuchfühlung meine Ausholbewegung erklärte, es reichte schon dieses Strahlen, mit dem sie uns jedes Mal begrüßte. Ich konnte einfach nicht damit umgehen, aber weniger aus dem Grund, weil sie hier braungebrannt und bester Dinge den ganzen Tag Tennis spielte, während ihre Tochter psychotherapeutisch behandelt wurde, wovon sie – zugegeben – nichts wusste, sondern vor allem wegen meines Wissens um ihre Geschichte, das ich verheimlichte, indem ich die ganze Zeit so tat, als sei ich nichts weiter als irgendein Cluburlauber.

Ihre gute Laune und Freundlichkeit nervte mich kolossal, am liebsten hätte ich sie einfach angeschnauzt, aber ich hielt mich zurück, weil ich den Moment, in dem ich es ihr ins Gesicht sagen würde, nicht derart unüberlegt vergeuden wollte. Es wäre der falsche Ort gewesen, mitten auf dem Tennisplatz, hätte keinen Stil gehabt, ich hätte es bereut, sowie ich es gesagt hätte. Außerdem war das erst mein dritter Tag, Zeit blieb also noch reichlich, ich konnte mich auf mein Tennis konzentrieren.

Unser Vormittagsprogramm hatte darin bestanden, Bälle zu schlagen, diesmal über eine größere Distanz. Ich mit Rudolf, Maren auf dem Nachbarplatz mit Sabine. Bei uns war es wilder zugegangen als bei den Frauen, einmal hatten wir es immerhin drei Mal hin und her geschafft, bevor der Ball wieder weiß Gott wohin geflogen war, meistens aber war es schon mit dem Return erledigt, was unserem Spaß allerdings nichts hatte anhaben konnte. Im Gegenteil, manchmal waren Rudolf und ich aus dem Lachen nicht mehr herausgekommen.

Jetzt stand ich wieder vor dem Holzzaun.

Bei Tageslicht sah man die Tür sofort, auch den Security-Mann, der ein anderer war als der, mit dem ich schon Bekanntschaft gemacht hatte.

Zugegeben, ich war irgendwie gespannt, als ich durch die Tür trat, sah aber zunächst auch nur Strand, Meer und Palmen, was mich im ersten Moment enttäuschte, dabei wusste ich selbst nicht, was ich anderes erwartet hatte.

Es dauerte allerdings keine fünf Minuten, bis mich der Erste anquatschte.

Er kam mit einem Pferd angeritten, hatte ein zweites im Schlepp und fragte, ob ich reiten wolle. Ich versuchte freundlich zu sein und schüttelte lächelnd den Kopf, was die falsche Strategie war. Bei dem Pferdebesitzer entstand der Eindruck, ich wollte eigentlich schon, traute mich aber nicht und müsse erst noch überzeugt werden. Eine gefühlte Ewigkeit lang trottete er mit seinem Pferd neben mir her und redete unaufhörlich auf mich ein, bis mir der Kragen platzte.

Dann kam einer mit einem Kamel.

Dann kam einer und wollte Mineralien verkaufen.

Dann kam ein Zweiter mit Pferd.

Dann kam einer mit Früchten.

Dann kam noch mal der mit dem Kamel und wollte wissen, ob ich es mir vielleicht anders überlegt hätte.

Es reichte nie, einfach nur den Kopf zu schütteln, man wurde so lange bedrängt, bis man herumschrie.

Der Strand weitläufig, das Wetter wunderbar, ich hätte ewig gehen wollen, aber ich hielt dieses dauernde Angequatsche nicht mehr aus und drehte um. Genau in dem Moment sah ich Francesca.

Es war ein Zufall, nichts weiter. Sie hatte zwei Stunden frei und machte einen Spaziergang am Strand. Ich freute mich, wieso auch nicht, ich fand sie einfach nett, mein erster Eindruck bestätigte sich sofort. Weil ich sowieso gerade umkehren wollte, schlug ich vor, zusammen zurückzugehen.

Francesca erzählte, dass sie im nächsten Jahr in Florenz Medizin studieren wolle.

Ich schwärmte von Italien. Berlusconi, sagte ich, sei das Einzige, was ich an diesem Land verabscheue, abgesehen noch von der Mafia, sonst fände ich es dort großartig.

Sie lachte.

Zugegeben, sagte ich, den Papst dürfe man nicht vergessen.

Ein empörter italienischer Wortschwall ergoss sich über mich, keine Ahnung, was sie sagte.

Rom.

Ich wurde ganz nostalgisch.

Mein Zimmer damals in der Via Margutta natürlich ein Traum. Die große Altbauwohnung im zweiten Stock samt Stuck an der Decke und Eichenparkett war im Eigentum der Stiftung, bei der ich das Praktikum machte. Zimmer wurden an Besucher oder Praktikanten zu moderaten Preisen vermietet, ansonsten unbezahlbar in dieser Lage, ganz zu schweigen davon, dass man überhaupt etwas finden würde, schon gleich gar nicht, wenn man kaum Italienisch sprach.

Alles war völlig überraschend gekommen. Im Vorübergehen hatte ich am Schwarzen Brett der Mensa ein Plakat der Stiftung gesehen: *Möglichkeit eines Praktikums in Rom von November bis Mai.* Ob ich mich bewerben sollte, brauchte ich nicht lange zu überlegen. Mein Germanistikstudium ödete mich an, Film wäre es gewesen, immer schon, aber bei den entsprechenden Hochschulen in München oder Berlin hatte es nicht geklappt, keine Ahnung, weshalb. Germanistik als Notnagel sozusagen, der mir noch irgendwie verwandt schien, und außerdem musste ich ja irgendwas machen.

Es war dann vor allem ein Durchwursteln.

Ich wurde zum Vorstellungsgespräch eingeladen und tatsächlich genommen, womit ich eigentlich nicht ernsthaft gerechnet hatte.

Zweihundert Meter zur Piazza del Popolo, gegenüber die Parkanlagen der Villa Medici, viel besser konnte man in Rom nicht wohnen. Als Erstes ging ich zur Fontana di Trevi, wegen Fellini, ich wollte diesen Brunnen in Wirklichkeit sehen, war dann aber enttäuscht, weil er mir so bekannt vorkam.

Die Bäume voller Zitronen und Orangen. Einmal eine kleine Parkanlage mit Zitronenbäumchen, kaum hundert Meter vom Kolosseum entfernt. Die Laubbäume auch in Rom ohne Blätter, dafür überall Zypressen, irgendetwas Grünes fand sich immer. Ende Februar begann es zu blühen, im März nur noch Frühling.

Überhaupt dieses Licht.

Natürlich hätte alles auch ganz anders laufen können.

Von Anne wusste ich damals nichts, dafür sah ich lauter unglaublich attraktive Römerinnen. Irgendeine hätte ich näher kennenlernen können, wieso auch nicht, wir hätten uns ineinander verliebt, nach Ablauf der sechs Monate wäre ich nicht nach Göttingen zurück, sondern in Rom geblieben, dort an die Uni gewechselt, hätte die Sprache gelernt, fertig studiert, den Kontakt zur Stiftung nicht verloren, einen Job gefunden, geheiratet, eine Familie gegründet. Ich würde heute in Rom leben, wäre bester Dinge, würde in der Espresso-Bar um die Ecke stehen und denken, was wohl aus mir geworden wäre, hätte ich meine Maria nicht kennengelernt.

Gina, die letzten vier Wochen, es war vielleicht einfach zu spät. Am Flughafen umarmten wir uns zum Abschied und wollten nicht loslassen, wahrscheinlich weil wir beide spürten, dass es trotz aller Beteuerungen keine Fortsetzung geben würde. Hätte ich es darauf angelegt, wäre mehr daraus geworden, ich war mir sicher, Gina auch, glaubte ich. Niemand befahl mir zurückzufliegen, es gab keine unüberwindlichen Schwierigkeiten, alles wäre zu regeln gewesen, und trotzdem flog ich, freiwillig, es war idiotisch. Statt mir nachzugeben, disziplinierte ich mich. Dann war alles anders, die Distanz spielte eine Rolle, man gewöhnte sich schnell wieder an die alte Umgebung. Mit jedem Tag, der verging, wurde mir Gina fremder.

Das war es, mit mir und Rom.

Francesca lächelte.

Als wir zurück waren, knipste ich ein paar Kügelchen ab und lud sie zu einem Kaffee an der Bar ein, bevor sie wieder zum Clubarzt musste, bei dem sie als Krankenschwester arbeitete.

Vor der Unterschrift unter den Vertrag mit unserer Baugruppe hatte ich scherzhaft zu Anne gesagt, wir könnten doch auch weiterhin zur Miete wohnen, dafür am Mittelmeer etwas kaufen, klein, überschaubar, zum Überwintern. Es war natürlich Unsinn. Was sollten wir dort machen? Wir hatten beide über die verrückte Idee gelacht.

Sphärische Musik, Jean Michel Jarre, kam mir in den Sinn. Scheinwerfer gingen an, man sah die Bühne, Kulisse eine Bibliothek, davor in einer Reihe drei Frauen mit langen goldenen Kleidern, ihnen gegenüber drei Männer in weißen Anzügen und Westen. Achtzehntes Jahrhundert, dachte ich, bevor eine junge Blonde als Schulmädchen kostümiert auftrat, mit engen kurzen Hosen und weißer Bluse, sich erstaunt umblickte, die reglos Dastehenden musterte, dann tiefer in die Bühne hineinging, dort einem Schuljungen in kurzen Hosen mit Hosenträgern und lustigen Kniestrümpfen begegnete. Die beiden setzten sich an die Seite, Ausblendung der sphärischen Musik, dafür fetziger Pop und choreografierter Tanz der weiß und golden Kostümierten.

Das Publikum klatschte sofort mit.

Ich fand es etwas hölzern.

Ausblendung des Pop, die Tänzer gingen ab, dafür wieder die Schulkinder, die wohl Auge des Zuschauers sein sollten. Sie öffneten eine zweiflügelige Tür in der Bibliothek und gaben den Blick frei auf ein großes Bett, hinter dem ein riesiger, unglaublich kitschiger Teddybär auf eine Leinwand gemalt war. Im Bett regte sich etwas, ein junger Mann mit nacktem Oberkörper erwachte, Musik vom Band, diesmal eine Pop-Ballade, von oben wurde ein Trapez heruntergelassen, an dem der Halbnackte sich aufschwang und Kunststücke vorturnte.

Neben mir saß Karlheinz mit seinen Hannoveranern, wir hatten uns unterwegs zufällig getroffen. Sie hätten erzählt, dass sie auf dem Weg ins Theater seien, und mich gefragt, ob ich nicht mitkommen wolle. Ich lehnte ab, das sei nichts für mich. Sofort die Gegenfrage, ob ich mich nicht für Theater interessiere? Doch, sagte ich, eigentlich schon. Na also! Wieso ich dann kneife? Ob ich schon etwas anderes vorhabe?

»Natürlich kommst du mit, Jo«, sagte Karlheinz und führte mich am Arm ab.

Ich hatte keine Wahl.

Wir saßen ganz vorn.

Der Turner hatte ausgeturnt, Musikwechsel zu etwas Rockigerem, Frauen in Turnhemdchen und Röckchen kamen auf die Bühne und tanzten. Mir ging vor allem dieser Schuljunge in seinen lustigen Strümpfen auf den Geist, der die ganze Zeit am Rand herumhampelte.

Nach der Tanzeinlage zauberte jemand.

Um was es eigentlich ging, blieb unklar, es gab keine Geschichte, keinen roten Faden, dafür einzelne Darbietungen, unterbrochen von Tanzchoreografien. Keine Sekunde ohne Musik, jetzt ein Cello-Solo zu Impressionen mit Schwarzlicht.

Den Zuschauern gefiel, was sie sahen, hatte ich den Eindruck, bei jeder Gelegenheit klatschten sie mit.

Ich fand es eher schwierig.

Klar hätte ich mich locker machen können, aber es stach einem einfach ins Auge, dass der Turner vielleicht mal als Kind im Turnverein gewesen war und der Zauberer sicher irgendwann zum Geburtstag einen Zauberkasten geschenkt bekommen hatte, irgendwelche Fähigkeiten brachten sie mit, zugegeben, aber es reichte einfach nicht für die große Bühne, perfekt untermalt durch Musik vom Band. Das passte alles nicht zusammen, und außerdem hätte ich schon gerne eine Geschichte gehabt, die das Ganze irgendwie verband. Aber was mich noch viel mehr ärgerte, war die Tatsache, dass ich es im Gegensatz zu den anderen nicht ausblenden konnte. Jeder sah die Schwächen, doch die meisten amüsierten sich, wenn sie den Segellehrer als Zauberer oder die Kinderbetreuerin als Tänzerin erkannten. Anne hätte bestimmt auch ihren Spaß gehabt, sie hätte gelacht, aber nicht, um die Akteure auszulachen, sondern weil sie sich amüsiert hätte, was mir unmöglich war, ich fragte mich, weshalb eigentlich. Meine Laune wurde immer schlechter. Den Rest gab mir die Balletttänzerin, die sich redlich bemühte, bis dann ausgerechnet diese Flügelgeste aus *Schwanensee* kam.

Ich versuchte, mir nichts anmerken zu lassen.

Als sich das große Finale ankündigte und sich alle zur Schlusschoreografie versammelten, spürte ich eine gewisse Erleichterung.

Donnernder Applaus mit Jubelrufen.

Ich schaute auf die Uhr und fragte die anderen, ob sie noch mit in die Bar gingen, aber im selben Moment formierte sich schon das ganze Theater zum Clubtanz. Der Clubchef hatte bei seiner Einführung davon erzählt, ein Ritual, das allen unheimlich Spaß mache, üblicherweise immer zum Abschluss der Show, bevor es auf der Tanzfläche losgehe. Mir war von Anfang an völlig klar, dass ich dabei nie mitmachen würde, doch plötzlich stand ich neben den anderen und musste einfach. Klar hätte ich mich losreißen können, aber das wollte ich nicht, zumal sich wirklich niemand davonschlich.

Wir klatschten rhythmisch in die Hände.

Keiner wusste genau, wie der Tanz eigentlich ging, und jeder machte nach, was der Typ mit den Kniestrümpfen und sein Schulmädchen oben auf der Bühne vormachten.

Ich fühlte mich ziemlich unwohl.

Wir veranstalteten eine Art Polonaise.

Ich tanze nicht oft, nur manchmal, wenn es sich zufällig ergibt und ich in der richtigen Stimmung bin. Natürlich kommt es vor allem auf die Musik an, und dieser Song animierte mich eher zum Davonlaufen, wobei es ja sowieso mehr um eine Art Gymnastik ging.

Wir watschelten im Entengang.

Um mich strahlten alle.

Wir tanzten paarweise Rücken an Rücken.

Ich hatte nicht den Eindruck, dass ich lockerer wurde.

Der Song wollte nicht aufhören, jetzt ging es wieder von vorne los, mit Polonaise und Entengang .

Als es endlich vorbei war, sagte ich zu den Hannoveranern, ich ginge jetzt zur Bar, falls jemand mitkommen wolle, und machte mich auf den Weg, ohne eine Antwort abzuwarten.

Später stand ich in meinem Zimmer auf der Schwelle zur Terrasse und schaute in den Nachthimmel. Es reichte mir jetzt, morgen würde ich Maren zur Rede stellen. Was sollte dieses Rausgezögere, ich war nur wegen ihr hier, irgendwann musste ich es ihr schließlich sagen, warum also nicht morgen, dann hatte ich es hinter mir. Alles weiter zu verschleppen war sinnlos, außerdem nervte mich der Club. Wenn ich nur an dieses Theater und den Abschlusstanz dachte! Ich musste mich auf meinen Beruf konzentrieren statt auf albernes Rumgehüpfe, ich vergeudete hier meine Zeit, morgen würde ich Maren reinen Wein einschenken und dann sah ich weiter, vielleicht flog ich einfach früher zurück, umbuchen musste möglich sein. Schluss mit der Show. Ich legte mich ins Bett und knipste energisch das Licht aus.

»Come on, Maren, come on, just for fun!«

»Well, I don't have that much time, another day, perhaps?«

»You said, you will fly to Germany tomorrow, so this is our last chance. Come on!«

Chris grinst mich an.

»Chris is right, come on, Maren, don't be shy«, sagt Joshua lachend und klettert auf den Schiedsrichterstuhl. »I am the umpire!«

»All right. All right. One set, okay? Chris, you start with service.«

Ich werde regelmäßig herausgefordert. Natürlich nie von Anfängern und auch nie von Frauen, es sind immer Männer aus den Fortgeschrittenenkursen, und ich weiß, sie denken wirklich, eine Chance gegen mich zu haben. Es sind genügend Frauen dabei, die sehr gut sind, die, würden sie ähnlich denken wie Männer, mich ebenfalls sofort herausfordern würden, um mich auf die Probe zu stellen, um mich auszutesten, aber Frauen machen das nicht. Niemals habe ich das erlebt, auch früher nicht, als ich bei uns im Verein Unterricht gegeben habe, und ich habe Ewigkeiten nebenbei als Tennislehrerin gearbeitet, bereits während des Studiums. Nicht unbedingt wegen des Geldes, sondern um den Kopf frei zu bekommen, mich auf etwas völlig anderes zu konzentrieren und nicht mehr an Zeichnungen und Konzepte zu denken. Männer dagegen wollen regelmäßig ein Match, um sich zu beweisen, typisches Männerding, und ich glaube, sie nehmen mich nicht für voll, nur weil ich eine Frau bin. Wenn ich ihnen im Training stundenlang den Ball zuspiele, nötigt ihnen das keinen Respekt ab, und wenn ich ihre völlig danebengegangenen Returns erwische, finden sie das offenbar auch nicht sonderlich schwierig, sondern glauben unerschütterlich, mich in einem Wettkampf, wenn es hart auf hart kommt, besiegen zu können. Ich bin die einzige Frau bei uns im Team, und irgendwann habe ich meine männlichen Kollegen gefragt, wie es denn bei ihnen ist, ob sie auch andauernd herausgefordert würden. Sie sagten, hin und wieder käme das vor, ja, sicher, aber eher selten. Bei mir dagegen findet sich in beinah jedem Kurs irgendeiner, der meint, es mit mir aufnehmen zu müssen. Ich zucke dann immer mit den Schultern, sage: »Klar, also los, auf geht's!«, und versuche ihn nicht allzu schlecht aussehen zu lassen. Obwohl ich es immer ein Stück weit als respektlos empfinde, wenn irgendsoein Nullachtfünfzehnspieler glaubt, gegen mich gewinnen zu können, voller Überheblichkeit, schließlich steht ihm ja nur eine Frau gegenüber. Niemals verliere ich absichtlich, und es ist bisher auch noch nie vorgekommen, dass ein Gast besser spielte als ich, aber ich fertige ihn normalerweise nicht ab, sondern versuche es bei einem knappen Sieg, einem 6:3 oder 6:4, bewenden zu lassen. Ich habe nichts davon, wenn er hinterher mit eingeklemmtem Schwanz vom Platz schleicht. Aber jetzt, in diesem Augenblick, an meinem letzten Tag vor der Reise, habe ich keine Lust, Zugeständnisse zu machen oder Geschenke zu verteilen. Wenn dieser Chris es unbedingt will, dann soll er bekommen, was er braucht. Ein rothaariger Börsenmakler aus New York, der, das sehe ich seinem Grinsen an, seinen Kumpels zeigen will, wie er diese deutsche Möchtegerntrainerin schnell mal eben abserviert. Wozu nimmt er denn sonst in seinem Tennisclub in Manhattan seit Jahren Trainerstunden, wie er mir voller Stolz erzählt hat.

2:0. Bislang hat er noch keinen einzigen Punkt gemacht.

3:0

Sechs Jahre habe ich bei uns in der Ersten Mannschaft gespielt, davon zwei Jahre Erste Bundesliga, leider sind wir dann wieder abgestiegen. Für eine internationale Karriere reichte es vielleicht nicht ganz, ich bin mir nicht sicher, aber ich habe das auch nie angestrebt, weil ich mehr Wert auf mein Studium und später den Job legte. Die Ochsentour mit Challenger-Turnieren quer durch die Welt, Aus in der zweiten Runde, Preisgeld sechstausend Dollar, das wollte ich mir nicht antun. Sicher, es reicht, um halbwegs über die Runden zu kommen, aber mehr nicht. Und ob ich es unter die sagen wir Top Hundert der Weltrangliste geschafft hätte, weiß ich nicht, ich habe es nie ernsthaft versucht. Mit der Bundesliga war ich völlig glücklich, obwohl wir auch da schon ziemlich viel trainiert haben, fast jeden Abend und immer am Wochenende. Gegen Spielerinnen, die vor Ehrgeiz platzen und ganz hoch hinaus wollen, hat man sonst keine Chance. Die Liga als Sprungbrett, teure Tenniscamps in Florida, alles, um den großen Traum zu verwirklichen von Wimbledon oder Flushing Meadows, der bei den allermeisten doch nur in der Provinz endet.

4:0

Es tut mir leid für Chris, aber eigentlich auch nicht, er wird es überleben. »He's a tough guy«, meinte einer seiner Kumpels, als sie sich am Anfang der Woche vorstellten, also dann, bitte, auf einen groben Klotz gehört ein grober Keil. Ich gebe hundert Prozent und fühle, wie es mir mal wieder Spaß macht, alles zu zeigen, alles zu geben. Ehrgeiz, ja, ich habe Ehrgeiz, kontrolliert, würde ich sagen, nicht blind, aber Ehrgeiz steckt in mir, immer schon. Gezügelt, wie gesagt, vor allem hier im Club, aber nicht jetzt. Chris rennt mit hochrotem Kopf von einer Seite seiner Hälfte zur anderen, zwei, drei Mal geht es hin und her, er kann die Bälle gerade so erreichen, mit letztem Einsatz, aber nicht mehr aggressiv zurückspielen, ich laufe keine zwei Meter, weil seine Bälle ins Halbfeld in die Mitte kommen, habe alle Zeit der Welt, sie so scharf zu platzieren wie möglich, bis es mir reicht und ich ihm gegen die Laufrichtung spiele.

5:0

Chris stöhnt laut auf, schüttelt ärgerlich den Kopf, als könne er es eigentlich viel besser und sei unzufrieden mit seiner Leistung, aber die Wahrheit ist, zu mehr reicht es nicht.

Ich serviere zum Matchgewinn, werfe den Ball hoch, treffe ihn mit viel Spin, ziele dabei auf den Körper von Chris, der Mühe hat, auszuweichen und erst gar nicht versucht, den Ball zu erreichen. Es gelingt ihm nicht, meine Aufschläge zu retournieren, obwohl es Frauen gibt, die härter aufschlagen als ich, Männer sowieso, aber er unterschätzt trotzdem die Geschwindigkeit und den Drall, muss jedes Mal aufpassen, nicht getroffen zu werden. Es nützt auch nichts, dass er sich mittlerweile schon drei Meter hinter der Grundlinie positioniert, um mehr Zeit zu haben. Hingis gegen Graf im Finale der French Open, mit dem Aufschlag von unten kurz hinters Netz geschnippelt, ich spiele mit dem Gedanken, weil Chris viel zu weit hinter der Linie steht, aber ich will ihn nicht lächerlich machen, es reicht auch so.

6:0

»Nice game«, sage ich zu Chris, schüttle ihm die Hand am Netz und lächle.

»Hey Chris«, sagt Joshua, als er vom Stuhl heruntergeklettert ist, »that was close«, und schlägt ihm auf die Schulter.

In unserer Tennishütte, wo wir zwischen den Kursen etwas trinken können, unser Stundenplan aufgehängt ist und wir die Möglichkeit haben, uns vor den Gästen zurückzuziehen, wartet Raimond auf mich, wir wollen zusammen zum Buffet gehen. Er hat dem Match gegen Chris die letzten Minuten zugeschaut, aus der Entfernung, ich habe ihn gar nicht bemerkt, aber ich war auch voll auf das Spiel konzentriert.

»Dem hast du's ja ordentlich besorgt«, sagt Raimond und grinst.

Am Barbecue brutzeln Hühnerschenkel, scharf gewürzt, wir laden uns die Teller voll, dazu Salat, Raimond greift sich noch eine Flasche Wasser und zwei Gläser. Außer uns ist keiner vom Team da, sie werden aber bestimmt bald auftauchen.

Während wir Schenkel abnagen erzählt Raimond, er wechsle in ein paar Monaten in den Club auf Bora Bora, man habe ihm das Angebot gemacht, die Tennisschule dort zu leiten. Ob ich nicht mitkommen wolle, als seine Stellvertreterin?

»Was, ich?«, sage ich und bin im ersten Moment ziemlich perplex. Das Angebot ehrt mich, zumal ich weiß, dass die Anlage auf Bora Bora traumhaft ist und jeder, der im Club arbeitet, dorthin möchte. Davon abgesehen verstehe ich mich wirklich gut mit Raimond, wir sehen die Dinge auf die gleiche Weise.

»Reizen würde es mich – aber jetzt kommen erst mal Eis und Schnee!«

»Gut, aber wenn du wieder da bist, brauche ich deine Entscheidung.«

Raimond steht auf, weil er im Büro Papierkram erledigen muss, und umarmt mich.

»Gute Reise. Und komm bloß nicht auf die Idee, dort zu bleiben!«

Im Tennis gibt es nur Sieg oder Niederlage, Unentschieden ist nicht vorgesehen. Es wird so lange gespielt, bis einer gewonnen hat, und wenn es zwanzig Stunden dauert. Ich konnte mich mit diesem Entweder-Oder schon immer gut arrangieren. Doppel spiele ich selten, mich reizte schon immer das Einzel. Man kann niemand anderen für eine Niederlage verantwortlich machen, genauso wenig ist jemand beim Sieg mitbeteiligt. Man hat alles selbst in der Hand. Am Ende entscheidet sowieso der Wille. Je länger es dauert, desto weniger spielen die technischen Fähigkeiten eine Rolle, und es kann lange dauern, wie gesagt. Es ist ja nicht wie beim Armdrücken, wo nach ein paar Sekunden alles entschieden ist, oder wie beim Fußball, wo man von vornherein weiß, so und so lange dauert das Spiel, eventuell noch Verlängerung und Elfmeterschießen, aber dann ist Schluss. Mein Finale um die Clubmeisterschaft, wie lange ist das jetzt her, mein Gott, achtzehn Jahre, dauerte zwei Stunden fünfunddreißig, 7:6, 6:7, 15:13. Am Ende konnte ich kaum mehr den Schläger halten, und meiner Gegnerin ging es genauso. Als ich den Matchball verwandelt hatte, haben wir uns am Netz umarmt, weil wir beide wussten, dass das Spiel eigentlich keinen Sieger verdient hatte. Trotzdem war es ein unbeschreibliches Gefühl, den Pokal in die Höhe zu stemmen. Denn ich hatte alles gegeben, und damit meine ich wirklich alles, ich spielte an meinem Limit. Hätte ich verloren, dann wäre ich natürlich enttäuscht gewesen, ohne Zweifel, aber ich hätte die Niederlage verkraftet, weil ich mir nichts vorzuwerfen gehabt hätte. Wenn du alles gibst, bist du mit dir im Reinen. Bitter und schmerzhaft ist eine Niederlage doch vor allem dann, wenn du nicht das Letzte aus dir herausholst und dir sagen musst, du hast es in der Hand gehabt, du hättest gewinnen können, aber du hast nicht alles dafür in die Waagschale geworfen.

Im Beruf ging es mir nicht anders, ich meine, wenn ich den Auftrag erhielt, ein Dachgeschoss auszubauen, dann strebte ich nie an, einen Ausbau zu planen, der möglichst einfach und ohne großen Aufwand für mich zu realisieren war, irgendeine Nullachtfünfzehn-Architektur, sondern ich wollte etwas Besonderes, auf das ich stolz sein konnte. Wahrscheinlich verstand ich mich deshalb so wunderbar mit der Bauherrin, die diesen Riesenauftrag an mich vergab, der mich drei Jahre lang finanzierte; wir tickten einfach gleich, auch wenn sie deutlich älter war als ich. Das Highlight meiner Architektenlaufbahn, ohne Zweifel, nicht nur finanziell, sondern auch, was die Arbeit an sich betraf. Es ging um den Umbau einer gediegenen Stadtvilla, errichtet Ende des neunzehnten Jahrhunderts, in ein repräsentatives Wohnhaus, mit Aufzug und Schwimmbad. Grunewald, Winklerstraße. Von Anfang an hatten wir einen Draht zueinander. Ich bin mir sicher, sie wählte mich nur deshalb aus, schließlich gab es genug renommiertere Architekten, die auch im Gespräch waren. Weil sie sich für Architektur interessierte, kümmerte sie sich intensiv um den Bau und nahm an jeder Besprechung teil. Gemeinsam begutachteten wir die Fortschritte, diskutierten die Umbauten. Was uns nicht gefiel, ließen wir wieder abreißen und noch mal machen. Ich weiß, es klingt absurd, doch wir hatten beide sehr konkrete Vorstellungen, wie dieses Haus wirken sollte, und manchmal kommt es eben vor, dass sich eine neu gezogene Wand, eine frisch verglaste Fensterfront oder eine zusätzliche Treppe in Wirklichkeit anders anfühlt als auf der Zeichnung. Das ist unvermeidbar. Und immer waren wir uns sofort einig, dass es so nicht bleiben konnte, denn wir wollten von vornherein keine Kompromisse eingehen, weil sonst auf ewig etwas nicht stimmen würde in diesem Haus, sei es auch ein noch so kleines Detail. Sicher, diese Art zu bauen musste man sich leisten können, aber das konnte sie, und ich war begeistert, weil es mir die einmalige Möglichkeit gab, mich an ein Ideal anzunähern. Wir ergänzten uns hervorragend. Der Bauleiter und der Polier haben uns gehasst, davon bin ich überzeugt, auch wenn sie nie etwas gesagt haben, aber ich konnte es ihren Gesichtern ansehen, wenn wir gemeinsam die Baustelle besichtigten und sie sich fragten, was als Nächstes wieder eingerissen werden sollte.

Ich bedauerte es sehr, als der Bau schließlich fertig war. Die Bauherrin sah ich bei der festlichen Einweihung des Hauses zum letzten Mal. Mit dem Ende des Projekts ging auch unsere Beziehung zu Ende, was ich schade fand, gerade weil wir uns so gut verstanden.

Ich gehe noch an die Bar, setze mich unter die Sonnenschirme und trinke Kaffee. Zeit ist genügend, bevor ich mich mit Shelly treffe. Eigentlich wäre es mir lieber, etwas zu tun zu haben. Mir geht einfach zu viel durch den Kopf im Augenblick.

Djerba, 19. November

»Dann bis morgen«, sagte Maren.

»Bis morgen«, erwiderten Sabine und Rudolf und schauten mich fragend an, ob ich wie üblich mit ihnen zurück zu den Bungalows gehen würde.

»Geht schon vor«, sagte ich und machte meine Wasserflasche auf.

»Willst du einen Schluck?«, fragte ich Maren.

»Danke, ich hab selbst was dabei«, sagte sie und setzte sich neben mich.

»Kommen jetzt gleich die Nächsten?«, fragte ich.

Sie schaute auf die Uhr und sagte: »In einer halben Stunde.«

Wir redeten über Tennis.

Gemeinsam saßen wir auf dieser Bank und waren völlig ungestört, die Gelegenheit einmalig, um ihr die Wahrheit zu sagen. Klar würden irgendwann die nächsten Gäste auftauchen, doch bis dahin blieb genügend Zeit. Ich war gespannt, wie sie reagieren, was sie sagen würde, wie sie sich erklären wollte und was denn nun eigentlich der Grund war. Berthold glaubte an die Mafia, weil alles andere für ihn keinen Sinn ergab. Ich dagegen konnte mir auch einen Tunesier vorstellen, Unternehmer, der nach der Revolution die Gunst der Stunde genutzt und ein Callcenter für französischsprachige Kunden eröffnet hatte. Weltweiter Markt, der völlig problemlos von Tunesien aus bedient werden kann, solange die Telefonleitungen funktionieren. Er ist geschäftlich in Berlin, lernt Maren durch Zufall kennen, am Winterfeldtplatz, wo sie einkauft. Er fragt sie nach dem Weg, ist sich trotz iPhone mit Google Maps unsicher. Maren ist hilfsbereit, auch weil er ihr sympathisch ist, eine Sache von Sekunden, das gibt es. Sie verabreden sich auf einen Kaffee. Maren verliebt sich, ihm geht es nicht anders, unglaublich, aber wunderbar, doch nach einer Woche muss er wieder zurück. Bei der Verabschiedung der wenig ernst gemeinte Satz, sie solle doch nachkommen, mit ihm am Mittelmeer leben, Palmen, Sonne, dazu sein Lächeln, das ihr nicht mehr aus dem Kopf geht. Natürlich glaubt er nicht daran, Maren würde niemals ihre Familie verlassen, doch dann steht sie plötzlich vor seiner Tür. Der Tunesier völlig überrascht, hätte nie damit gerechnet. Alles ist anders als in Berlin, Maren merkt, sie ist nicht willkommen, auch die Familie des Tunesiers wundert sich, was diese Deutsche eigentlich will. Maren am Boden zerstört, kann nicht mehr zurück, muss sich einen Job suchen, um etwas zu verdienen, fragt im Club und kann sofort anfangen.

Oder alles ist wunderbar, der Tunesier glücklich, Maren glücklich, sie leben zusammen in einem Dorf in der Nähe. Maren erkundigt sich im Club nach einer Stelle, um nebenher etwas zu verdienen, kann sofort anfangen.

Vielleicht ist es auch das Büro, das zwar läuft, aber besser laufen könnte, das ein Auskommen gibt, mehr aber nicht. Berthold machte bei unserem Essen solche Andeutungen. Maren weiß, sie wird ewig als Architektin arbeiten müssen, um leben zu können. Ganz zu schweigen davon, dass es niemals anders werden wird, dieses Gefühl, das sie hat, wenn sie auf die Baustelle kommt und die gesamte Baumannschaft denkt: Oho, Frau Architektin, nicht schlecht das Fahrgestell, aber die klemmt sich doch die Finger ein, wenn sie den Zollstock auseinanderklappt, na, macht nichts, wahrscheinlich hat sie dafür andere Qualitäten. Jedes Mal muss sie sich aufs Neue beweisen, nicht nur auf der Baustelle, auch gegenüber den Bauherren, denen sie ansieht, dass sich alle fragen: Kann die das überhaupt, oder sollen wir nicht lieber einen Mann beauftragen? Sogar bei Frauen ist es nicht anders. Ob Bauherrin oder Partnerin des Bauherrn, die Reaktion genau wie bei den Männern: Verwunderung, Skepsis. Dazu kürzlich die Mitteilung von Marens Versicherung wegen der privaten Altersvorsorge, in die sie schon seit zwanzig Jahren einzahlt: Sie habe jetzt alle Unkosten gedeckt und beginne ab sofort anzusparen. Zahle sie weiterhin so viel ein wie bisher, bekomme sie später sechshundert Euro im Monat. Der tägliche Kampf um Aufträge, das Warten, bis das Telefon klingelt, was quält, mit Anfang vierzig, wo man es doch eigentlich entweder schon geschafft hat oder nicht mehr schafft. Ausnahmen, ja, die gibt es, aber wieso soll ausgerechnet sie zu den Ausnahmen gehören? Dazu die Verantwortung für die Familie, eine spürbare Last, eine Riesenlast. Auch finanziell, obwohl Berthold gut verdient, aber den Lebensstandard, auf den sie sich eingerichtet haben, die große Wohnung, zwei Autos, regelmäßige Urlaube, das können sie sich nur als Doppelverdiener leisten. Bei Berthold scheint alles sicher zu sein, der Versicherungskonzern gigantisch. Wenn er nicht enormen Mist baut, wird er dort bis zur Rente bleiben. Maren dagegen hat Angst, obwohl sie durch Bertholds Gehalt abgesichert ist. Sollten alle Stricke reißen, müssten sie sich einschränken, klar, kämen aber immer noch bequem über die Runden. Doch sie wäre dafür verantwortlich, denkt Maren, hätte versagt, ihr Pensum nicht beitragen können und die anderen in Mitleidenschaft gezogen, so weit darf es nicht kommen. Familie, Mann,

Arbeit, sie muss es schaffen, sie muss einfach, es gibt nichts anderes. Das Kind, das sie liebt, wirklich liebt, das aber auch fordert, das verlangt. Manchmal kommt es Maren gnadenlos vor, gerade in dem Alter, zwölf, wo in Sandra alles drunter und drüber geht, da kann die Tochter nichts dafür, dass sie manchmal nicht mehr zu ertragen ist, aber Maren kann auch nichts dafür, wenn es ihr in diesen Momenten einfach zu viel wird. Sie glaubt, jeden Augenblick zu platzen, und sucht schon fast verzweifelt nach einem Ventil, findet aber keins. Im Fernsehen sieht sie eine Doku über New York, Park Avenue, die bis in die Bronx führt, dort hat es einer mit einem Sportartikelgeschäft zu was gebracht, fährt mit dem Kamerateam in seinem Mega-SUV die Park Avenue hinunter Richtung Downtown und sagt: Who made it, deserves it. Maren im Nussknacker, die scheiß Angst, sie muss raus, sonst bricht sie irgendwann zusammen, der Druck zu hoch, die Nussschale splittert, was soll sie bloß machen, wie entkommt sie der Situation, sie muss einfach, es geht um ihr Leben, denkt sie und findet sich nachts auf der Straße wieder, im Pullover.

Oder das Alter. Schlicht und ergreifend das Alter. Mit Berthold versteht sich Maren gut, natürlich gibt es manchmal Streit, die Verliebtheit geht vorbei, alles wird Routine, man ist nicht mehr achtzehn, hat einen Alltag, für den man selbst verantwortlich ist, den man bewältigen muss. Sandra braucht eine feste Umgebung, das Kind soll nicht haltlos werden. Eigentlich läuft alles einigermaßen, Maren hat ihr Büro, Berthold seinen Job. Sandra ist ein aufgewecktes Mädchen, es gibt Freunde und Bekannte, ein netter Kreis, man schätzt sich, gegenseitig die Einladungen zum Essen, manchmal ein gemeinsamer Urlaub mit der einen oder anderen Familie, was nett ist. Ein Psychologenehepaar, beide promoviert, drei Kinder, mit sehr schöner Altbauwohnung in Schöneberg, nicht weit von Maren und Bertholds Wohnung entfernt. Ein Rechtsanwalt mit eigener Kanzlei, seine Frau Beamtin im Kultusministerium. Ein Designer, verheiratet, ein Kind, Dachgeschosswohnung im Kreuzberger Gräfekiez, hundertfünfzig Quadratmeter, die Maren ihm damals ausgebaut hat. Ein Referatsleiter im Wirtschaftsministerium, zwei Kinder, ein Haus in Kleinmachnow. Alle nett, wirklich sehr nett, Freunde, gute Freunde, die wertvoll sind, das weiß Maren, und doch das Gären in ihr. Das war es also, jetzt kommt nichts mehr, jetzt wird nur noch gealtert. Endstation, eine schöne Endstation, aber eben Endstation, so wird es weitergehen bis zum Schluss. Zwanzig, dreißig, vierzig Jahre. Irgendwann muss die Badezimmertür verbreitert werden, weil der Rollator sonst nicht durchpasst. Dabei ist Maren erst Anfang vierzig und fühlt sich hundertmal jünger, lebendig, frisch, wäre sofort bereit für Neues. Noch mal was ganz anderes machen, noch mal neu anfangen, den Zauber spüren, sie hat nur ein Leben und die Hälfte ist schon vorbei, unfassbar. Immer schneller rast die Zeit, je näher die Kante des Wasserfalls kommt, umso reißender wird der Strom. Das kann es doch noch nicht gewesen sein, da muss noch was kommen, die Gier in Maren nach Leben, aber das ist unmöglich, es gibt nichts Neues, es wird bleiben, wie es ist. Berthold will überhaupt nichts anderes, er ist zufrieden, wieso auch nicht, war schwer genug, aufzubauen, was man hat, warum dies wieder aufgeben, noch dazu freiwillig, das wäre vollkommen idiotisch, nein, das kommt nicht in Frage. Sandra hat ihre Freunde, kann auch nicht einfach herausgerissen werden aus ihrer gewohnten Umgebung, das wäre nicht in Ordnung, und was bleibt überhaupt vom neuen Leben, wenn das alte an einem klebt, dann könnte Maren es ja gleich lassen. Die Wahrheit ist, es ist vorbei, es wird nicht mehr anders, es wird so bleiben, dauerhaft, was ja auch nicht schlecht ist, im Gegenteil. Wenn nur dieses Gären nicht wäre, diese quälende Sehnsucht nach Veränderung. Dem Leben nochmal eine ganz andere Richtung geben, bevor es zu spät ist, das alte über Bord werfen und ein neues beginnen, unverdorben, unbeschrieben, noch einmal von vorn starten, alles weiß, herrlich, wenn nicht jetzt, wann dann? Maren weiß, es ist die letzte Chance.

Sie schwärmte von Federer.

»Jaja, klar«, sagte ich, als sie mich fragte, ob ich dieses grandiose Endspiel gesehen hätte, Wimbledon 2008, Federer gegen Nadal.

Es war eigentlich ganz einfach. Ich brauchte bloß zu sagen: »Maren, deine Familie vermisst dich.« Ein Satz, nichts weiter, aber in diesem Augenblick, als ich unmittelbar davor war, zögerte ich. Irgendwie schien mir das plötzlich doch nicht der richtige Zeitpunkt. Dabei war mir überhaupt nicht klar, auf was ich eigentlich warten wollte, was sollte das für eine Gelegenheit sein, die noch besser wäre als hier, auf dieser Tennisbank unter dem Schiedsrichterstuhl, aber irgendwas hielt mich zurück.

»Das beste Tennismatch aller Zeiten«, sagte Maren.

Sie hatte die Wahrheit verdient, mir gegenüber verhielt sie sich schließlich tadellos, während ich sie hinterging. Je länger ich überlegte, desto klarer wurde, ich musste es ihr sagen, es gab nichts anderes, jetzt, in diesem Augenblick, damit es endlich heraus war. Ich drehte mich zu ihr und unterbrach sie, während sie von Kick-Aufschlag redete. Sie schaute mich fragend an, doch noch bevor ich ein Wort sagen konnte, stand sie plötzlich auf, bat mich um einen Augenblick Geduld, weil sie schnell die Gäste begrüßen müsse, die jetzt bei ihr Unterricht hatten und gerade anmarschiert kamen. Während die ihre Taschen auf die Bank stellten und sich fertig machten, kam Maren wieder zu mir und sagte, es tue ihr leid, sie habe mich unterbrochen.

»Kein Problem«, sagte ich, »so wichtig war es nicht.«

In meinem Zimmer warf ich alles in die Ecke, zog mich um, ging wieder hinaus, Richtung Strand, nur mit Shorts, Schlappen und Handtuch. Ich hatte es eilig, marschierte zwischen den Bungalows hindurch, stapfte zügig über den Sand und stürzte mich in die Wellen.

Ich musste einfach.

Warnung hin oder her, es fühlte sich herrlich an, wunderbar erfrischend, obwohl sich die Brandung gewaltig auftürmte. Den Sog aufs offene Meer spürte ich sofort, nachdem ich von den sich überschlagenden Wellen herumgewirbelt worden war, und begann dagegen anzuschwimmen. Die nächsten Ungetüme brachen sich über mir, ich kam mir vor wie in einer Waschmaschine. Es zog mich in die falsche Richtung, weg vom Strand, ich schwamm, geriet wieder in die Waschmaschine. Gefährlich war es nicht, jedenfalls schätzte ich es so ein, dazu befand ich mich noch zu nah am Strand, hatte immer wieder Grund unter den Füßen. Ich glaubte, alles unter Kontrolle zu haben. Trotzdem wurde mir zwischendurch mulmig, auch weil ich der Einzige im Wasser war. Am Strand lagen zwar Clubgäste herum, die mich aber verständnislos anschauten, als sie sahen, wie ich ins Meer rannte. Ich überlegte, ans Ufer zu schwimmen, doch dann konnte ich mich nicht losreißen und kraulte aus der Brandungszone. Jetzt spürte ich keinen Grund mehr, wurde von den anrollenden Wellen nur noch sanft angehoben. Ich bedauerte es, meine Taucherbrille und Flossen nicht mitgenommen zu haben, nicht nur, weil man dann viel entspannter kraulen konnte, sondern auch sah, was unter einem war. Irgendwie fand ich es unheimlich, über der Tiefe zu schwimmen. Mit bloßem Auge konnte ich nichts unter mir erkennen, nur grünlich blaues Wasser.

Klar dachte ich an den weißen Hai. Mir fiel sofort wieder diese dramatische Musik ein, die immer dann einsetzte, wenn man aus der Unterwasserperspektive die strampelnden Beine von Badenden sah.

Jetzt schwamm ich parallel zum Strand.

Als ich merkte, dass mich langsam die Kräfte verließen, schlug ich die direkte Richtung zum Strand ein. Die Brandung wirbelte mich diesmal noch heftiger herum, und der Sog schien stärker geworden zu sein. Ich musste mich ziemlich anstrengen, ans Ufer zu gelangen, sehr viel mehr hätte ich nicht zuzusetzen gehabt, stapfte dann aber so lässig wie möglich zu meinem Handtuch und den Schlappen.

Alles an mir war salzig und sandig, doch als ich mich schnaufend abtrocknete, fand ich es wunderbar. Während der ganzen Tage hier war es noch nie so großartig gewesen wie in diesem Moment. Ich fühlte mich frisch, nicht nur äußerlich, ich fühlte mich wie neugeboren. Meine Haut rötlich, an manchen Stellen aufgeschürft von Sand und Kieseln, die Wunden brannten, es machte mir nichts aus, im Gegenteil, ich genoss das Brennen geradezu.

Ich lag auf dem Bett und merkte, wie der getrocknete Sand an mir aufs Leintuch krümelte, aber ich konnte mich nicht aufraffen, noch mal aufzustehen und mich abzuduschen.

Auf dem Rückweg vom Strand hatte ich den Qualm vom

Barbecue-Grill gerochen und nicht wiederstehen können, mir einen ziemlichen Berg geholt und mich, so wie ich war, mit nassen Shorts und übergeworfenem Handtuch zu Karlheinz an den Tisch gesetzt. Er hatte mich gesehen, wie ich mit dem Tablett in der Hand nach einem Platz suchte, und sich sofort bemerkbar gemacht. Natürlich wunderte er sich, wieso ich bei diesen Wellen im Meer gewesen war.

Als ich Rudolf und Sabine sah, winkte ich ihnen zu und machte sie mit Karlheinz bekannt.

Wir nagten Rippchen.

Der tunesische Koch in weißer Schürze und Kochmütze löschte an seinem riesigen Holzkohlegrill dampfend mit Bier ab, ich holte Nachschub, es schmeckte mir einfach, dazu diese rauchige Barbecuesauce und Krautsalat.

Es war nicht alles schlecht an diesem Club, fand ich.

Klar, dieser lustige Typ mit den Ringelsocken nervte. Er machte am Pool Spielchen mit Gästen, ich bekam es nur im Vorbeigehen mit. Ein Gast stand ihm gegenüber und musste nachmachen, was er vorgab. Erst alles ganz harmlos, jeder nahm einen bereitstehenden leeren Teller in die Hand, hielt ihn wie ein Lenkrad vor die Brust. Der eine Teller ganz normal, der von dem Gast auf der Unterseite mit Ruß bedeckt, was der Gast nicht sehen konnte. Der Ringelsockentyp lenkte erst eine Weile ab, rieb dann mit einer Hand über die Unterseite des Tellers, rieb sich anschließend übers Gesicht, der Gast machte es nach, die Umstehenden lachten, weil sie schon vorher sahen, was passieren würde, klar, der Gast schmierte sich den Ruß durchs Gesicht, ohne dass er es mitbekam, weil er unablässig beschäftigt wurde.

Vor dem Abflug hatte ich mir auf YouTube Clips aus einem anderen Club auf Djerba angeschaut, um eine Vorstellung davon zu bekommen, worauf ich mich einließ, und sah, wie der halbe Club in der prallen Sonne mit Schokolade und Sahne beschmiert im Pool rumsaute, beschallt von ohrenbetäubender Discomusik. Zumindest davon konnte bei uns keine Rede sein, hier ging es beschaulicher zu, ich hatte wirklich keinen Grund, mich zu beklagen, und mit dem Ringelsockentyp musste man sich nicht auseinandersetzen, wenn man nicht wollte.

Dann döste ich weg.

Plötzlich piepte es.

Ich hatte vergessen, das Handy lautlos zu stellen, und schaute aufs Display. Anne hatte eine SMS geschickt: Wieso ich mich nicht melde? Sie mache sich Sorgen. Grüße.

Ich döste wieder.

Später rief ich zurück.

Es tue mir leid, sagte ich, dass ich mich nicht schon früher gemeldet hätte, es sei aber alles in Ordnung.

Sie fragte, wie ich vorankomme.

Bislang nichts Neues, sagte ich.

Das hätte sie mir schon vorher sagen können, meinte Anne. Es sei ja klar gewesen, dass an der Geschichte nichts dran sei.

Jaja, sagte ich.

Anne hatte schlechte Laune. Beim Elternabend gestern sei es zum Eklat gekommen, berichtete sie. Dieses Prenzlauerbergkollwitzplatzidiotenpärchen habe sich offen und vor allen anderen gegen sie gestellt in der Frage der Behandlung ihres Rotzlöffels, habe ihr vorgeworfen, parteiisch zu sein, ihr Kind nicht leiden zu können, es zu benachteiligen, und gedroht, sich beim Schulamt zu beschweren. Sie hätte sich zusammennehmen müssen, um nicht zurückzuschreien. Es sei einfach das Letzte, diese besserverdienenden Öko-Typen, die nicht in der Lage seien, ihrem Kind einen Rahmen vorzugeben, die ausschließlich das

Kind entscheiden ließen, es damit überforderten und sich nicht zu wundern brauchten, was da heranwachse.

»Jaja, klar«, sagte ich.

»Der Projektsteuerer hat einen Brief geschrieben und noch mal deutlich gemacht, dass wir alle gesamtschuldnerisch haften für die Pleitefamilie aus dem Erdgeschoss. Ersatz gibt es nämlich noch keinen, alle Interessenten wollen ab zweitem Stock aufwärts.«

»Aha«, sagte ich.

»Kannst du eigentlich auch mal was anderes sagen als nur *jaja* oder *aha*?«, fragte Anne sichtlich genervt.

»Du, entschuldige mal«, sagte ich, »es fällt mir eben schwer, mich von hier aus da reinzudenken, ich hab meinen Kopf grad bei was anderem, tut mir leid, aber um diesen ganzen Scheiß kümmere ich mich wieder in Berlin und nicht jetzt, wo ich sowieso nichts unternehmen kann, weil ich in Afrika bin, wie dir, glaube ich, bekannt ist.«

»Weißt du Jo, manchmal bringst du mich zur Weißglut.«

»Was kann ich denn dafür, wenn du von diesen Prenzlauer-Berg-Typen angemacht wirst und dann schlechte Laune hast?«

»Ich leg jetzt auf, tschüs.«

»Tschüs«, sagte ich und hatte das Gefühl, dass sie das schon gar nicht mehr hörte.

Ich warf das Handy aufs Bett und holte mir ein Celtia aus der Minibar. Anne konnte einfach furchtbar nerven. Ich liebte sie, aber manchmal hätte ich sie am liebsten auf den Mond geschossen. Als ob ich etwas dafür konnte, wenn sie Ärger beim Elternabend hatte. Sie musste sich doch denken, dass ich hier in einer ganz anderen Stimmung war, was erzählte sie mir dieses Zeug überhaupt, das mich nicht interessierte, statt einfach zu warten, bis ich wieder da war. Es musste Absicht sein, bewusst oder unbewusst, damit es mir hier nicht zu wohl wurde oder warum auch immer. Wahrscheinlich hatte sie das Gefühl, ich würde hier in der Sonne liegen, während sie den ganzen Stress an der Backe hatte, ich wusste es nicht, es war mir auch egal.

Djerba, 20. November

Houmt Souk, nach dem Frühstück.

Das Taxi war bestellt, ich stand an der Rezeption und wartete.

Nach dem Telefonat mit Anne hatte ich darüber nachgedacht, dass ich außer diesen Strandverkäufern vom Land noch kaum etwas gesehen hatte, genau genommen gar nichts. Wenn sie mich fragen würde, wie es denn eigentlich so aussähe in Tunis, müsste ich irgendwas erfinden und war mir sicher, sie würde sofort merken, wenn ich aus dem hohlen Bauch heraus erzählte. Extra nach Tunis zu fliegen erschien mir zu umständlich, deshalb Houmt Souk, die größte Stadt auf Djerba, die genügte, um einen Eindruck zu bekommen.

Ich verspürte wenig Lust auf die Fahrt, weil ich den Tenniskurs verpasste, davon abgesehen interessierte mich Houmt Souk nicht sonderlich, ich wollte es einfach so schnell wie möglich hinter mich bringen.

Der Clubarzt hatte sein Untersuchungszimmer im Gebäude der Rezeption, das wusste ich, aber ich rechnete wirklich nicht damit, dass Francesca ausgerechnet in den paar Minuten vorbeikommen würde, die ich auf das Taxi wartete.

Wir umarmten uns zur Begrüßung.

Ich spürte ihre Weichheit und atmete ihren Geruch ein. Sie trug nicht ihr übliches weißes Schwesternoutfit, sondern zivil, weil sie ihren freien Tag hatte und nur zufällig beim Arzt war, um etwas vorbeizubringen. Wir hatten uns kaum begrüßt, als der Fahrer durch die Glasschiebetüren trat und fragte, ob wir ein Taxi bestellt hätten?

»Oui, j'arrive«, sagte ich in meinem Schulfranzösisch.

Francesca fragte, wohin ich wolle. Sie fragte einfach so, wie man eben fragt, eine Frage ohne Hintergedanken, bloße Neugierde.

»Nach Houmt Souk«, sagte ich.

»Ah«, sagte sie, »und warum?«

»Mir ist einfach danach«, sagte ich, »ich muss mal raus, mal was anderes sehen als immer nur den Club. Wie die Leute hier leben, das interessiert mich. Gegen Nachmittag bin ich zurück.«

»Na dann gute Fahrt«, sagte sie.

»Komm doch mit«, schlug ich spontan vor.

Francesca schaute mich erstaunt an.

Ich lächelte.

Sie legte ihren Kopf in den Nacken, dachte kurz nach und meinte: »Warum nicht.«

»Wunderbar.«

Sie müsse aber noch mal in ihr Zimmer.

»Überhaupt kein Problem«, sagte ich.

Während der Fahrt zum ersten Mal das Gefühl von Afrika. Vielleicht wegen des klapprigen Renaults, in dem wir unterwegs waren, ganz sicher spielte auch die aufgedrehte Musik eine Rolle.

Wir saßen auf der Rückbank im Fahrtwind. Der Fahrer hatte sein Fenster heruntergekurbelt, die Temperaturen seit dem Morgen noch höher als sonst.

Chehili, hatte der Fahrer gesagt und dabei gelacht, als ich mit ihm auf Francesca wartete und eine Bemerkung wegen des heißen Winds machte, der seit dem Morgen wehte, Chehili.

Alles fühlte sich unwirklich an, Wind wie aus dem Föhn, man schwitzte sofort. Auf Francescas Stirn feine Tröpfchen, während sie versuchte, ihr Haar zurückzustreifen.

Sich zu unterhalten war wegen Musik und Fahrtwind unmöglich, wir saßen schweigend und schauten aus dem Fenster: viel braune Erde, Sand, Steine, ab und an Palmen, Olivenbäume, Kakteen. Die Landschaft vollkommen flach, dabei ziemlich zersiedelt. Irgendein Gehöft oder Häuschen sah man immer, meist weiß gestrichen, mit Flachdach. Der Verkehr hielt sich in Grenzen, kleine Lieferwagen, Pick-ups, einmal überholten wir einen Karren mit Esel.

Plötzlich eine Demonstration, wir mussten stoppen.

Unser Renault umgeben von Menschen, dicht an dicht strömten sie vorbei, schoben uns fast mit sich, als wären wir in eine Überschwemmung geraten und steckten in den Fluten fest, kurz davor, samt dem Wagen mitgerissen zu werden. Ich fühlte mich unwohl, auch weil man so tief saß, mein Kopf auf Höhe der Bäuche der Menschen. Wir waren durch dieses Dorf gefahren, das auf halber Strecke lag, um die Ecke gebogen und befanden uns im selben Augenblick mitten in der Menge. Es dauerte ewig, bis wir durch waren, dabei unaufhörlich die rhythmischen Rufe der Leute, viele mit Transparenten.

Der Fahrer sagte, es ginge um eine Müllhalde, die schon vor Monaten geschlossen worden sei, wegen des Gestanks und Ungeziefers, von Giftmüll werde auch was geschrien. Jetzt solle sie wieder geöffnet werden, dagegen wehrten sich die Leute.

Ich sah wütende Gesichter.

Dann Sirenen, Mannschaftswagen der Polizei stoppten. Polizisten in Kampfmontur versuchten die Menge zu zerstreuen.

Wir fuhren wieder, ich drehte mich um und sah noch, wie mit Transparenten geprügelt wurde, als Antwort auf Schlagstöcke, ein Tumult, der völlig unnötig war, fand ich, dann Schwaden von bläulichem Rauch, wahrscheinlich Tränengas.

Jetzt wieder Palmen.

Francesca sagte, sie stamme aus einem Vorort von Neapel, dort gebe es die gleichen Probleme mit dem Müll.

Was womöglich an der Mafia liege, sagte ich.

Wir redeten wieder über Berlusconi, ich regte mich auf, aber Francesca lachte nur. »Italia«, sagte sie und machte dazu eine Handbewegung, die alles erklärte, »Italia.«

Am Busbahnhof von Houmt Souk stiegen wir aus und schlenderten los Richtung Hafen. Alles wirkte ziemlich touristisch, viele Postkartenläden, über einem Antiquitätengeschäft das Schild in drei Sprachen: *Prix Fixe, Feste Preise, Prezzo Fisso.*

In den Cafés saßen entweder einheimische Männer oder Touristen, Tunesierinnen sah man nur auf der Straße, oft mit Kopftuch, manchmal verschleiert.

Teppichgeschäfte gab es reichlich, passierten wir eines, kam sofort jemand raus und sprach uns an: »Where you come from?«

Einmal eine schöne Kolonnade mit kleinen Läden. Berge von Orangen, Gemüse, Gewürze in grellen Farben, Indischrot, gelber Curry, irgendetwas Dunkelgrünes.

Viel Betrieb in den engen Gassen, trotz November waren auch noch reichlich Touristen unterwegs. Mich störte das Gedränge, dazu nach wie vor der heiße Wind. Der Himmel über uns nicht blau, sondern rötlich vom Sand.

Dann wieder Afrika: blecherner Gesang eines Muezzins aus einem Lautsprecher, der mich ergriff, auch wenn ich mit Religion ansonsten nichts am Hut hatte.

Office National des Pêches: ein fensterloser, hoher, gemauerter Raum mit Steintresen an der Seite, im Neonlicht glibberte ein Haufen Tintenfisch. Am Ende des Raums ein blauer Holzstuhl, erhöht durch ein Podest, eine Art Thron, darauf der Auktionator im weißen Gewand. Gehilfen reichten ihm Fische, die an einer Schnur aufgereiht waren, pro Schnur sechs bis acht Stück. Er hielt sie den Leuten hin, die ihn als Traube umstanden, und begann mit der Versteigerung. Wer den Zuschlag bekam, zahlte und zwängte sich mit seiner Fischschnur durch die Menge, andere drängten nach. Es ging sehr leise zu, womit ich nicht gerechnet hatte, kein aufgeregtes Geschrei, der Auktionator ganz ruhig, während er die nächste Schnur mit Fischen, diesmal gestreift, kleine Barsche, schätzte ich, in die Menge hielt und Gebote forderte. Die Luft in dem Raum erstaunlich kühl, trotz Chehili, die Gehilfen des Auktionators alle im schmierigen Anorak.

Draußen wieder Föhn.

Dann der Hafen, malerisch. Geschrei von Möwen.

Francesca fand die Piratenschiffe toll, die an der Pier lagen und Fahrten zur Flamingo-Insel anboten. Das kleinste davon um die fünfzehn Meter lang, schätzte ich, mit zwei künstlichen Masten und Netzen. Es wurde gerade mit Touristen befüllt und sah aus wie die Kulisse in einem Film, Piratenschiff aus Lego oder von Playmobil, ich wunderte mich, dass es überhaupt schwamm. Wieso es ausgerechnet Piratenschiffe sein mussten, war mir rätselhaft.

Neben dem Hafen, direkt am Strand gelegen, nur gut hundert Meter von uns entfernt, gab es einen Salon de Thé mit großer Holzterrasse, der mich sofort anzog, aber Francesca wollte lieber zu den Flamingos.

Ich stellte mir vor: Fahrt zu dieser Insel, die in Wirklichkeit nur eine Landzunge war, dort die Umgebung erkunden, dann wieder zurück. Während der Überfahrt könnte ich mich aufs Meer konzentrieren, um dieses Piratenambiente nicht zu sehen, das aus der Nähe betrachtet noch viel alberner wirkte als vom Land aus.

Womit ich nicht rechnete, war, dass einer von der Besatzung, kaum hatten wir die Leinen losgemacht und Kurs aus dem Hafen genommen, eine kleine Trommel hervorholte und aus Leibeskräften zu singen begann, mit einer metallisch schneidenden, knarrenden Stimme, die mir durch Mark und Bein ging. Ich stand gut zehn Meter entfernt, dazu Geräusche von Wind und Wasser, Wellen, die gegen die Bordwand klatschten, überhaupt der Trubel an Bord, aber ich hörte ihn, als stünde er neben mir, während er dieses Lied sang, das mir so bekannt vorkam. Ich musste kurz überlegen, weil ich die Sprache nicht gleich erkannte, bis ich merkte, es war Deutsch, und im selben Moment verstand, was er sang:

»... un du mei Schatz bleibs hia ... wenn i kom, wenn i kom, wenn i wiedawieda kom ...«

Francesca lachte.

Ich war in Tunesien auf einem Piratenschiff und hörte, wie ein Tunesier *Muss i denn zum Städtele hinaus* sang, eigentlich mehr schrie, und warum überhaupt auf Deutsch? Unsere Gruppe war schließlich gemischt, Holländer, Engländer, ein paar Dänen.

Alle grinsten, dazu das unaufhörliche Getrommel.

»... kehr i ei, mei Schatz, bei dia ...«

Francesca fragte, ob das Deutsch sei?

Jetzt legte er die Trommel weg, klatschte im Takt mit den Händen und forderte die anderen auf, es ihm gleichzutun. Ich weigerte mich, Francesca klatschte, der Mensch wiederholte die erste Strophe.

»… muss i denn, muss i denn zum Städtele hinaus …«

Es war vor allem dieses Städtele, das sich anhörte wie Teteleee, was mich auf die Palme brachte.

Bei der Ankunft auf der Insel fragte eine ältere Frau den Kapitän, wo denn eigentlich die Tiere seien, und erfuhr, sie hielten sich dort nur von Dezember bis Februar auf, um zu brüten, könnten also demnächst eintreffen. Aber wenn sie auf der Insel wären, würde sie nicht mehr angefahren, zumindest nicht offiziell, um das Brüten nicht zu stören. Fahrt zur Flamingo-Insel also immer ohne Flamingos, aber man konnte sich ja vorstellen, wie es aussah, wenn sie im flachen Wasser standen und mit ihren krummen Schnäbeln herumpickten.

Francesca war natürlich enttäuscht.

Mir kam diese Doku in den Sinn, die ich mal gesehen hatte, wo Paviane Flamingos jagten. Alles natürlich in Superzeitlupe, ein Pavian rannte durchs flache Wasser, verfolgte einen flüchtenden Flamingo, das Wasser spritzte nur so auf, dazu die rosa Massen startender Vögel, mittendrin also dieser Pavian, der sein Ziel nicht aus den Augen verlor, das bereits abhob, vielleicht zwei Meter hoch gestiegen war, als der Affe absprang und mit seinen langen Armen ein Bein des fliegenden Flamingos über ihm erwischte, ihn daran zu Boden riss und bei lebendigem Leib zerrupfte.

Sand und Wasser, mehr gab es nicht, der Sand aber sehr fein und weiß, das Wasser flach und klar, man hätte auch auf einer einsamen Insel im Pazifik sein können. Ich fand es schön, dazu das sanfte Geplätscher der Wellen. Wir schlenderten barfuß, unsere Schuhe in der Hand. Der Rest der Truppe blieb beim Schiff, wo Tische und Bänke aufgebaut wurden, ein Imbiss war im Preis inbegriffen.

Als die anderen nur noch kleine Punkte am Ende der Landzunge waren, schlug Francesca vor, lieber wieder umzukehren, aber wir hatten noch gut eine Stunde Aufenthalt und gingen weiter.

Ich genoss die Einsamkeit. Außer uns niemand zu sehen, nur Sand, Meer und Chehili, der erträglicher war, wenn man im Wasser watete.

Wir redeten über Robinson Crusoe.

Für Francesca war es die Horrorvorstellung, sie fand es furchtbar, wollte gar nicht daran denken. Ich fand es keinen Horror, aber auf Dauer problematisch. Eigentlich war es herrlich, aber sobald wir Hunger bekämen, fingen die Probleme an, dann die Nacht, ohne Schutz. Gut, wir könnten irgendwo einen Unterstand bauen, trotzdem machte man sich Illusionen, glaubte ich, wenn man das Ganze romantisch verklärte. Tom Hanks setzte in *Cast Away* ja auch alles aufs Spiel, bloß um von seiner Insel runterzukommen, wobei er in Wirklichkeit verdurstet wäre, mitten auf dem Pazifik, die Geschichte mit dem Tanker typisch Hollywood.

Ich schwärmte von einer Weltumsegelung.

Ob ich überhaupt segeln könne?

Klar, sagte ich und erzählte von der Nordsee, an der ich sozusagen aufgewachsen sei, zumindest in der Nähe, wolle man genau sein, dafür unmittelbar an der Elbe. Wedel, ob sie das kenne, nein, natürlich nicht. Da habe sie auch nichts versäumt, sagte ich. Die Elbe hätte ich allerdings schon immer toll gefunden. Mit vierzehn sei ich mit dem Segeln schon ziemlich spät dran gewesen, die meisten hätten mit acht oder neun begonnen. Erst Jolle, später Dickschiff.

Francesca lachte.

Vendée Globe, sagte ich. Einhandregatta, allein um die Welt, nonstop. Die klassische Route, Start bei Brest, den Atlantik runter bis Südafrika, am Kap Agulhas links abbiegen, dann immer nach Osten, in die roaring forties, crying fifties, screaming sixties, das Südmeer, wo das Licht so berauschend sei, so klar, antarktisch eben, bis Kap Hoorn, wieder links abbiegen, Kurs Nord, den Atlantik hoch bis Brest. Der Rekord liege bei siebenundfünfzig Tagen, wenn ich mich richtig erinnere.

Francesca tippte sich an die Stirn und sagte, sie würde niemals allein auf dem Meer herumfahren, um nichts in der Welt.

Einmal ein Deutscher, erzählte ich unbeirrt, der diese Route gesegelt sei, nonstop, aber nicht mit einer Regattayacht, und zweihundertsechsundsiebzig Tage benötigt habe. Neun Monate allein auf dem Meer, das müsse sie sich mal vorstellen!

Das wolle sie sich gar nicht vorstellen, sagte Francesca und tippte sich schon wieder an die Stirn.

»Keine Ahnung«, sagte ich, »ob ich dabei verrückt werden würde, aber die Vorstellung fasziniert mich. Monatelang nichts außer Wasser. Auf einem Törn im Mittelmeer, wenn zwischendurch kein Land mehr zu sehen ist, kannst du vielleicht erahnen, was es bedeutet, allein mitten im Pazifik herumzugondeln, aber um zu wissen, wie es sich wirklich anfühlt, musst du es machen, da führt kein Weg dran vorbei.«

Ich strahlte Francesca an.

»Manche dieser Vendée-Globe-Typen«, sprudelte ich und konnte mich nicht mehr bremsen, »filmten sich unterwegs, ich hab das auf Video. Einer klettert mit seiner Kamera am Mast hoch, bei strahlend blauem Himmel und ruhiger See, Traumwetter, filmt von oben die Yacht, die ziemlich klein wirkt, dann der Schwenk vom Schiff weg Richtung Horizont, leicht gebogen, gleißendes Meer und stahlblauer Himmel, makellos, Rundumblick von 360°, nichts zu sehen außer Meer und Atmosphäre, allein auf dem Ozean, dazu irgendwelche spacige Musik, es haut mich immer noch um, wenn ich nur daran denke.«

Allmählich mussten wir wirklich umdrehen, wollten wir nicht zu Fuß zurück, was machbar schien, wir waren, wie gesagt, nur auf einer Landzunge.

Natürlich gab es auch auf der Rückfahrt Volkslied und Trommel.

Ich stand wieder ganz hinten, schaute in unser Kielwasser, die Ellenbogen auf der Reling aufgestützt, den Kopf in den Händen, und hielt mir so unauffällig wie möglich die Ohren zu.

Unser Plan nach der Ankunft im Hafen: noch etwas zu schlendern, Francesca wollte nach Tüchern schauen, dann ein Restaurant suchen zum Abendessen, nachts Rückfahrt in den Club.

Plötzlich kam dieser Jugendliche angerannt, wir traten gerade aus einer der Gassen auf einen kleinen Platz. Ich schätzte ihn auf sechzehn oder siebzehn Jahre, soweit ich das überhaupt beurteilen konnte, weil alles so schnell ging. Er rannte direkt auf uns zu, stieß mich zur Seite und lief davon, so schnell er konnte. Wir schauten uns verwundert an, wussten im ersten Moment nicht, was los war, dann schon laute Rufe: »Help! Help!« Wir blickten in Richtung der Rufe, sahen eine Frau um die fünfzig in bunter Bluse, Shorts und Sandalen, ihr Mann neben ihr, beide geschockt, wieder das laute Rufen: »Help! Someone has stolen our bag!«

Die Reaktionen der Einheimischen eher verhalten.

Andere Touristen eilten hinzu, gestikulierten aufgeregt, waren fassungslos. Der Mann der Frau zeigte mit ausgestrecktem Arm in unsere Richtung, um den Fluchtweg anzudeuten.

Von dem Jugendlichen natürlich längst nichts mehr zu sehen.

Wir gingen weiter, was sollten wir auch machen.

Unsere Stimmung war schlagartig verändert, wir schlenderten nicht mehr, Francesca hielt ihre Umhängetasche fest, ich schaute nach potenziellen Dieben. Von malerischer Altstadt keine Spur, dafür lungerten jetzt überall Typen herum, die nicht geheuer waren.

Nach einer Weile sagte ich, wir könnten natürlich auch im Club essen, obwohl ein nettes Restaurant hier eine schöne Abwechslung wäre, Fisch am Hafen, der Club nur als Option, falls wir nichts Passendes fänden.

Francesca war sofort einverstanden.

Ich sagte, so hätte ich es nicht gemeint, wirklich, wir könnten hier gerne etwas suchen und sollten uns durch den Vorfall nicht verunsichern lassen, aber noch während ich redete, winkten wir schon nach einem Taxi.

Sex? Natürlich, ja. Ich meine, wo wären die Voraussetzungen günstiger, noch dazu, wo es sowieso nie ein großes Problem ist, Männer ins Bett zu kriegen. Dazu bräuchte es diese Urlaubspalmenstimmung doch überhaupt nicht, die umso förderlicher ist, die alles noch viel leichter macht. Aber im Grunde genommen können die allermeisten von denen gar nicht anders, als ständig nach Gelegenheiten zu suchen. Ist einfach ihr Ding. Spielt auch überhaupt keine Rolle, ob zwanzig oder achtzig, ob Bauarbeiter oder Professor, vollkommen egal, im Grunde ticken die alle gleich. Neu war das für mich nicht, aber mittlerweile ist es in Stein gemeißelt. Nicht dass es mich stören würde, man muss es nur wissen.

Wenn ich an früher zurückdenke, dann ging es mir immer gleich, was Sex betrifft. Ich weiß, dass es bei anderen Frauen nicht so ist, Irene erzählt mir ganz andere Dinge und wie sie es immer noch genießt, mit ihrem Mann, mit dem sie schon seit fünfundzwanzig Jahren verheiratet ist, den sie mit keinem anderen tauschen wollte, auch nicht für eine Nacht, was ich bewundere. Mir ging es immer anders. Am Anfang stand die Euphorie des frisch Verliebtseins, aus der dann Liebe wurde oder nichts, eigentlich die schönste Phase, also wenn Liebe eintrat, ich wollte sie immer festhalten. Aber ich konnte niemals etwas gegen das Gefühl der Abnutzung tun, das sich in mir unaufhaltsam breitmachte, je länger ich mit jemandem zusammen war. Irenes Zustand der vollkommenen Vertrautheit, in dem man völlig andere Sphären erreicht, wie sie es nennt, erlebte ich nie, bei mir setzte nur Routine ein. Immer. Es war nie anders, und ich hasste es, aber ich war dagegen machtlos. Irene sagte mal, ich sei eben ein Streichholz. Beim Sex prickelte es wie in einer abgestandenen Proseccoflasche, es kam nichts Neues mehr, es war alles bekannt, es ging nicht mehr weiter. Arbeit und Alltag, die Zeit knapp, der Sonntagmorgen bot sich an. Ich hasste diesen Pflichttermin, diese Regelmäßigkeit, die ich mir genauso gesetzt hatte, weil es sonst überhaupt nicht mehr dazu gekommen wäre, dann lieber so, aber wenn ich es machte, war ich mit dem Kopf woanders. Doch ich benahm mich, als sei ich voll bei der Sache, weil ich meinen Partner nicht enttäuschen wollte, der schließlich nichts dafür konnte, wie ich fühlte.

Hier bin ich mit niemandem dauerhaft zusammen. Das passt einfach nicht. In Mexiko hatte ich ein paar Monate lang eine Beziehung mit Pierre, der an der Rezeption arbeitete, aber ich fühlte mich mehr und mehr unwohl, wenn wir jeden Abend gemeinsam verbrachten, wenn wir unsere Termine aufeinander abstimmten, wenn ich mich erklären musste, weil ich mal allein sein wollte. Alle im Club wussten, dass wir ein Paar waren, und fragten immer nach dem anderen, wenn sie einen von uns solo trafen. Es ging mir auf die Nerven, wie schnell man wieder in dieses Zweisamkeitsmuster rutschte. Sicher möchte ich mit Männern zusammen sein, aber ohne Bedingungen. Und nirgends ist das von vornherein klarer als hier, jedenfalls was die Gäste betrifft. Denn die Singles, die hier ihren Urlaub verbringen, wollen auch nichts anderes. Ein Abenteuer oder zwei, dann ist ihre Zeit vorbei, und sie müssen wieder zurück in ihren Alltag. Was hier geschah, bleibt vielleicht eine schöne oder weniger schöne Erinnerung, je nachdem, mehr aber nicht. Dass aus den Affären eine Beziehung entsteht, glaube ich nicht, auch wenn ich es natürlich nicht mit Sicherheit sagen kann. Dazu sind die Rahmenbedingungen viel zu exakt abgesteckt. Jeder kennt sie, jeder akzeptiert sie, und deshalb gibt es auch in den seltensten Fällen irgendwelche Szenen. Es geht um Sex und um sonst nichts, Liebe findet irgendwo anders statt. Damit kann ich mich hervorragend arrangieren. Ich nehme hier aber nicht alles mit, was eine Hose anhat und nicht schnell genug auf den Bäumen ist, so wichtig ist mir das nun wirklich nicht. Ganz anders Raimond, der mir manchmal so vorkommt, als habe er eine panische Angst, ihm könne was durch die Lappen gehen. Bei dem Angebot ist das kaum zu schaffen, ich frage mich sowieso, wie er das macht. Sein größtes Problem besteht darin, alles unter einen Hut zu bekommen, es ist wirklich unglaublich. Ich weiß nicht, worin die Ursache dafür liegt, es muss etwas Archaisches sein, und wenn in Männern der Urtrieb einprogrammiert ist, dann ist es bei uns diese Skilehrer-, Golflehrer- oder Tennislehrer-Faszination. Und obwohl ich mich in der ganzen Zeit hier längst daran gewöhnt haben müsste, kann ich manchmal immer noch nicht anders, als innerlich den Kopf zu schütteln, wenn ich sehe, wie es abläuft. Umgekehrt ist das übrigens nicht so. Was mich betrifft, habe ich den Eindruck, als ob eine Frau als Tennislehrer Männer eher abschreckt. Meine Überlegenheit scheint in diesem Fall keineswegs anziehend auf sie zu wirken, ganz im Gegenteil. Wahrscheinlich fühlen sie sich in einer schlechten Ausgangsposition, unter meiner, und glauben, das erst aufholen zu müssen, bevor sie ihr Ding durchziehen können. Davor schrecken die meisten zurück, ich meine, die Gelegenheiten, die sich mir bieten, ergeben sich völlig unabhängig vom Tennis. Wenn hier jemand um mich rumschleicht, ist es einer, der mich am Buffet sieht oder am Strand oder sonstwo.

Hin und wieder lasse ich mich ein. Wieso auch nicht? Wenn mir danach ist, wenn ich es wirklich will. Ich darf es nicht übertreiben, hier kennt jeder jeden, und sehr viel schneller, als dir lieb ist, hast du einen Ruf weg, den du dann nicht mehr loswirst, der dir sogar vorauseilt, wenn du in einen anderen Club wechselst. Das versuche ich unbedingt zu vermeiden. Raimond nicht, aber bei ihm heißt es dann auch nur bewundernd, er sei ein toller Hecht, während wir »es mit jedem treiben«. Nicht Hecht, sondern Hure. In den grundlegenden Dingen ändert sich überhaupt nichts, davon bin ich fest überzeugt, auch wenn ich es lange nicht wahrhaben wollte. Es sind nur die Fassaden, die moderner werden.

Klar kann es auch enttäuschend sein, das muss man in Kauf nehmen. Was fehlt, ist die Vertrautheit, das lässt sich nicht vermeiden. Dazu ist die Zeit einfach zu kurz. Jeder kennt das, wenn man beim ersten Mal keine Ahnung hat, was der andere will und was nicht und wie es ihm gefällt und wie nicht. Sicher macht das Ausprobieren auch Spaß, aber solange man sich nicht richtig kennt und nicht sicher ist, wie weit man gehen kann, so lange ist auch das Ausprobieren kein wirklicher Genuss, sondern eher angespannt. Das begrenzt den Sex aufs Grundlegende – was ja andererseits durchaus reizvoll sein kann.

Manchmal haut es mich einfach nur um, dass ich kaum mehr Luft bekomme. Aber wie gesagt, ich will immer die Kontrolle behalten, mit wem ich mich einlasse, und es gelingt mir ganz gut. Geschichten wie die auf dem Tennisplatz vor einem halben Jahr mit diesem Fabio kommen nicht mehr vor, das ist so sicher wie das Amen in der Kirche. Mein Gott, ich kann es immer noch nicht glauben. Gegen Mitternacht, das Flutlicht an, der ganze Club hätte zuschauen können, wie wir uns mitten auf dem Platz wälzten, den ich noch dazu unmittelbar zuvor gewässert hatte. Es ist mir wirklich unbegreiflich, wie es so weit kommen konnte, als hätten wir beide den Verstand verloren, wären irre geworden für eine gewisse Zeit. Die nächsten Tage lief ich mit der ständigen Angst durch die Gegend, diesem Grinsen in den Augen der anderen zu begegnen. Ich glaube, wir hatten einfach Glück, dass niemand in der Nähe war. Als sei ich siebzehn oder achtzehn, dachte ich hinterher.

Djerba, 21. November

Gepiepe eines Handy-Weckers, ich hasste das durchdringende Geräusch, es piepte und piepte, bis Francesca endlich ausschaltete.

Ich war hellwach, stellte mich aber schlafend.

Ihr nackter Körper neben mir. Ich spürte überhaupt kein Verlangen mehr.

Später zog sie sich an, ich tat noch immer, als schliefe ich, hörte Geraschel, einen Reißverschluss, das Schließen der Eingangstür, ihre Schritte draußen, dann wieder Stille.

Ich zwang mich, nicht an die Nacht zu denken, und spürte das Brennen meiner aufgescheuerten Knie.

Unsere Heimfahrt von Houmt Souk mit dem Taxi, das Abendessen im Club, wo sich die Hannoveraner und Augsburger am Nebentisch amüsierten, als sie uns zusammen sahen. Nach dem Essen wollten wir beide nicht einfach so auseinandergehen, sondern an der Bar noch etwas trinken. Mehr war nicht beabsichtigt, an mehr dachte ich überhaupt nicht, ich fand es nur nett, den Abend so ausklingen zu lassen.

Die Idee, von der Bar aus in die Disco zu gehen, stammte auch von mir, das muss ich zugeben, aber was gab es da schon zuzugeben. Es war das Normalste auf der Welt, noch dazu hier im Club. Wir hatten Lust zu tanzen, also taten wir es, um Spaß zu haben, wir waren schließlich nicht allein auf der Tanzfläche.

Musik der sechziger und siebziger Jahre, Oldie-Night, die

Mischung querbeet, Roy Orbison, Mamas and Papas, Melanie, Joe Cocker. Wir tanzten, das Bier in der Hand, ich kam mir vor wie mit siebzehn. Es konnte gar nicht laut genug sein, vielleicht auch wegen dieses Tetelee-Menschen, der mir immer noch durch den Kopf spukte. Dann Jefferson Airplane mit *White Rabbit*, großartig wie immer, ich sang in voller Lautstärke mit, Francesca grinste.

Mitten in der Nacht landeten wir in meinem Zimmer, was genauso wenig geplant war wie alles andere, es gab kein Kalkül, weder von mir noch von Francesca, es entstand aus dem Moment. Wir hatten den gleichen Rückweg, mein Bungalow kam zuerst, wir wollten uns gerade verabschieden, als wir spürten, dass wir es bedauerten, und so schlug ich vor, noch zu mir zu gehen, meine Minibar sei randvoll.

Im Zimmer stießen wir mit Wein an, ich legte zärtlich den Arm um ihre Hüfte, ich konnte nicht anders. Sie wirkte unheimlich attraktiv, wie sie dastand und lachte, keine dreißig Zentimeter von mir entfernt.

Natürlich war da auch der Alkohol im Spiel.

Wir küssten uns.

Dann lagen wir auf dem Bett, das Zimmer bestand ja fast nur daraus.

Klar war ich es, der die Initiative ergriff, anders habe ich es noch nie erlebt, Emanzipation hin oder her. Francescas Arme hatten sich zwischen uns gedrängt, ich legte sie sanft zur Seite. Eine Weile lang hielt ich sie spielerisch fest, dann ließ ich los, und die Arme umarmten mich.

Unsere Körper waren sich sowieso längst einig.

Ich fand es fantastisch.

Manchmal befürchtete ich, der halbe Club bekäme mit, was hier geschah.

Später lagen wir nebeneinander und schwiegen. Ein schönes Schweigen, fand ich. Keiner von uns musste etwas sagen, bloß um die Stille aufzuheben, im Gegenteil. Ich war erstaunt, mit einer Frau, die so viel jünger war als ich, nur daliegen und schweigen zu können.

Irgendwann schliefen wir ein.

Schließlich dieses Gepiepe, das mich schlagartig ernüchterte.

Gegen neun stand ich auf, um zu frühstücken. Mit schlechtem Gewissen, ganz klar. Ich liebte Anne, und trotzdem hatte ich sie betrogen, wenn dieses Wort überhaupt zählte, denn es ergab eigentlich keinen Sinn. Was geschehen war, hatte mit Anne nicht das Geringste zu tun, das waren zwei völlig verschiedene Dinge. Es ging um Lustbefriedigung, so wie man eben aß, wenn man Hunger hatte, manchmal ein Genuss, manchmal nicht, doch immer ohne Dauer. Liebe dagegen war anders und überhaupt nicht damit zu vergleichen. Kein Gedanke daran, Anne zu verlassen, um mit Francesca zu leben, und sicher wollte Francesca das genauso wenig. Sie würde in Florenz Medizin studieren. Eine einmalige, zugegebenermaßen tolle Geschichte, die damit aber schon wieder vorbei war, basta. Kein Grund, ein schlechtes Gewissen zu haben, es hatte mit Anne rein gar nichts zu tun.

Ich köpfte mein Ei.

Natürlich brauchte sie es nicht unbedingt erfahren.

Worüber ich mir mehr Gedanken machte: Wir hatten kein Kondom benutzt. Unvernünftig, klar, aber ich hasste die Dinger schon immer. Was geschah, wenn Francesca schwanger werden würde, wollte ich mir lieber nicht vorstellen.

Beim Tennis wunderten sich alle. Ich wirke irgendwie komisch, was denn mit mir los sei? Sabine und Rudolf ahnten wohl etwas, sagten aber nichts. Maren kritisierte wieder meine Ausholbewegung, was mich allmählich nervte.

Nach dem Mittagessen ging ich zum Wasserski, um auf andere Gedanken zu kommen, und drehte ein paar Runden, ich hatte Lust auf Geschwindigkeit.

Klar dachte ich die ganze Zeit an die vergangene Nacht. Jetzt bereute ich es, doch es war zu spät.

Die Gedanken an Anne wurden immer präsenter, je mehr ich sie verdrängen wollte. Eine Art Voodoo, womöglich stach sie gerade Nadeln in eine Stoffpuppe, auf der *Jo* stand, anders konnte ich es mir nicht erklären. Vor acht Jahren hatten wir uns kennengelernt, auf der Silvesterparty von Ina. Anne war eine Freundin von Ina, auch Lehrerin, allerdings an einer anderen Schule, die beiden hatten zusammen studiert. Ich kannte Anne nicht, saß dann am Tisch zufällig an ihrer Seite.

Es gab Lammkeule mit Rosmarinkartoffeln.

Ich unterhielt mich mit ihr über Filme. Sie gefiel mir, mit ihren halblangen braunen Haaren und dem Seitenscheitel, der Bluse mit modischem Kragen, ich fand sie sehr hübsch, wir verstanden uns auf Anhieb. Später hatten wir beide den Verdacht, Ina habe uns verkuppeln wollen, was sich aber nicht bestätigte. Sie habe nur ein etwa ausgeglichenes Verhältnis von Frauen und Männern im Auge gehabt, sagte sie und wunderte sich, auf was für Ideen wir kamen.

Mein Beruf war, was Frauen anging, schon immer von Vorteil. Einfach weil man sofort ein Gesprächsthema hatte, in dem ich mich noch dazu bestens auskannte. Einmal nur habe ich erlebt, dass eine sagte, sie gehe nie ins Kino, könne das nicht leiden, doch bei den allermeisten war es anders, so auch bei Anne.

Wir hatten zwar unterschiedliche Vorlieben, was mir aber nichts ausmachte. Sie mochte französische Filme, die mich nicht reizen, mir wird in französischen Filmen einfach zu viel gequatscht.

Ich gab zu, dass ich ungerecht war.

Was mir dann bitteschön gefiele?

Ich fing von Hollywood an, dem besonderen Hollywood, David Lynch, Coen Brothers, Gus Van Sant.

Anne zuckte mit den Schultern.

Wir fragten uns nach unseren Lieblingsfilmen.

Die Reifeprüfung, sagte ich.

Jules und Jim, sagte Anne.

Irgendwann knallte es draußen, wir schauten uns überrascht an, es war bereits Mitternacht, wir hatten es gar nicht mitbekommen.

Am nächsten Tag rief ich Ina an, bedankte mich für die Einladung und das tolle Essen, fragte nebenbei nach der Mailadresse von Anne, ich müsse ihr noch etwas zu einem Film sagen.

»Soso, zu einem Film«, sagte Ina.

Wir verabredeten uns auf einen Kaffee, dann noch mal Kaffee, dann Bier, Abendessen, alles nach und nach, schnell ging bei Anne gar nichts, man musste schon Zeit haben. Einmal ins Kino, etwas Französisches, ich war trotzdem sofort einverstanden.

Wir wurden ein Paar, wie man eben ein Paar wird. Nichts Besonderes. Die erste Zeit war toll, wir waren frisch verliebt, aber das Verliebtsein ließ irgendwann nach und dann kam Routine. Wir traten nur noch als Anne + Jo auf, im Doppelpack, ob wir wollten oder nicht. Etwas anderes gab es nicht mehr, was mich immer wunderte. Trotz allem Wir-Gefühl blieb man doch ein Ich. Liebe konnte zerbrechen, und dann musste es schließlich auch weitergehen. Mir war diese Verschmelzung einfach suspekt.

Klar, die Idee mit der Schaufensterpuppe war mehr Spaß als Ernst. Mit zwanzig sagte ich bei irgendeiner Gelegenheit zu einem Freund, ich würde, hätte ich eine richtige Beziehung – von der ich damals meilenweit entfernt war –, eine Schaufensterpuppe im Auto auf dem Rücksitz festschnallen, um aus dem Duo ein Trio zu machen.

Unsere Heirat vor drei Jahren. Anne wollte es unbedingt, mir war nie ganz klar, wieso, ich hätte auch ohne Hochzeit gut weiterleben können, doch sie drängte darauf.

Die Feier in einem Restaurant in Potsdam, Altbauvilla mit Terrasse und großem Garten, drum herum Bäume, wir hatten Lampions gespannt. Das Wetter spielte mit, es war Mitte Juli und sonnig, alle standen in Grüppchen mit Sektgläsern in den Händen auf dem Rasen und unterhielten sich.

Ich fand es schön, wenn ich auch den ganzen Tag nicht wirklich entspannt war. Allein mit Anne wäre es etwas anderes gewesen, das hätte ich wirklich genossen, und es ärgert mich manchmal immer noch, dass wir es nicht so gemacht haben. Bei der Planung hatte ich scherzhaft davon gesprochen, dass wir uns doch heimlich trauen lassen könnten und danach sofort wegfahren, das Auto mit laufendem Motor vor der Tür, irgendwohin, ans Mittelmeer vielleicht, und zwei Wochen lang in den Tag hinein leben, einfach so. Das Geld anstatt für das Fest nur für uns ausgeben, in tollen Hotels übernachten, stundenlang frühstücken, spazieren gehen. Einfach machen, wozu wir Lust hatten, in einer Umgebung, in der uns niemand kannte, in der wir fremd waren. Die Hochzeit nur für uns genießen.

Später, wenn wir wieder zurück wären, könnten wir die Freunde zum Grillen einladen, und unseren Eltern erzählten wir einfach gar nichts.

Ich lachte.

Anne tippte sich mit dem Finger an die Stirn. Ohne ihre Eltern, sagte sie seltsam kategorisch, würde sie nicht feiern, das käme überhaupt nicht in Frage, das sei doch selbstverständlich. Was denn eigentlich mit mir los sei?

Gar nichts, sagte ich. Außerdem wisse sie doch, dass ich ihre Eltern nett fände. Aber es sei nun mal unser Fest und nicht das von anderen.

Man feiere doch immer gemeinsam, sagte Anne, das sei ja gerade der Punkt bei Festen.

Meinen Alternativvorschlag, zwei Feste zu machen, eines für Verwandte und eines für Freunde, weil ich einfach kein Bedürfnis nach Durchmischung hatte, fand sie albern.

Es waren dann alle dabei, auch was mich betraf.

Bei den Kindern konnte ich mich dafür durchsetzen.

Ich wusste, es würde auf Kopfschütteln stoßen, aber ich wollte einfach keine fremden, tobenden, aufgedrehten Kinder, die die ganze Zeit zwischen uns herumrannten. Wir hatten es überschlagen, es würden etwa zwanzig sein, im Alter zwischen vier und zehn, dazu Eltern, die versuchten, Einhalt zu gebieten, was schwierig wäre. Darauf hatte ich keine Lust. Ich mochte Kinder, aber gerade deshalb fand ich, mussten sie nicht in diesen Rahmen gezwungen werden.

Für unsere Freunde war es nicht einfach.

Ich versuchte mich zu erklären.

An unserem Leben änderte sich hinterher natürlich nichts, warum auch. Der Wunsch nach einem eigenen Haus, zumindest der eigenen Wohnung, der dann irgendwann einmal aufkam, hing nicht damit zusammen, dass wir verheiratet waren, es war eher zwangsläufig. Ein Entschluss der Vernunft, aus wirtschaftlichen Gründen, jedenfalls aus meiner Sicht. Wir dachten wie alle anderen auch, wozu dem Vermieter das Geld in den Rachen werfen, wenn man damit auch die Kreditrate abzahlen konnte und hinterher eigenen Grund und Boden hatte.

Klar hätte ich mir lieber ein Schiff gekauft und wäre einfach losgesegelt, in die Südsee, aber dazu hätten wir hier alles aufgeben müssen, und was wäre dann in zwei oder drei Jahren gewesen?

Jetzt dachte ich wieder an unsere Baugruppe.

Ich ging zur Bar, um einen Cappuccino zu trinken, und hoffte, dass vielleicht Rudolf oder Sabine da wären, oder Karlheinz.

Es war ein Fehler, Anne anzurufen, ich wusste es in dem Moment, als ich ihre Stimme hörte. Ich konnte zu diesem Zeitpunkt noch nicht ahnen, welche Ausmaße dieser Fehler annehmen würde, auch wenn ich es schneller spüren sollte, als mir lieb war, aber ich fühlte bereits, es war die falsche Entscheidung. Warum ich sie überhaupt anrief, wusste ich selbst nicht genau, vielleicht glaubte ich, dazu verpflichtet zu sein, vielleicht wollte ich vermeiden, dass sie mich anrief, vielleicht hatte ich auch ein bisschen Sehnsucht nach ihrer Stimme, keine Ahnung; wahrscheinlich war es von allem etwas. In meinem Bauch machte sich ein merkwürdiges Gefühl breit, als ich auf den grünen Hörer tippte, das merkte ich deutlich, aber ich verknüpfte es in diesen Sekunden nicht mit dem Anruf. Mein Gehirn arbeitete zu langsam, es brachte Gefühl und Absicht erst in Verbindung, als es zu spät war.

Ich saß auf einem Liegestuhl am Pool und schaute auf das spiegelglatte Wasser. Anne sagte, sie habe nicht mit mir gerechnet, freue sich aber, endlich melde ich mich wieder, sie habe schon geglaubt, aus den Augen, aus dem Sinn.

Ich lachte übertrieben.

Sie fragte, ob sich noch etwas ergeben habe.

»Nein«, sagte ich, »der Hinweis mit dem Markt hat sich endgültig nicht bestätigt. Ich glaube nicht, dass ich noch eine Spur von ihr finde.«

»Wie schade«, sagte Anne. »Ich hab angenommen, es sei etwas passiert, weil du anrufst.«

»Nein«, sagte ich.

»Und jetzt?«

»Nichts. In zwei Tagen komme ich zurück.«

In Anne erwachte schlagartig ihr sechster Sinn, es ist mir bis heute unbegreiflich.

»Ist irgendwas, Jo?«

»Nein«, sagte ich, »wieso?«

»Du klingst so merkwürdig.«

»Unsinn«, sagte ich und versuchte mich zusammenzureißen.

»Joachim?«

»Ja?«

»Hörst du mir überhaupt zu?«

»Ja, natürlich.«

»Was ist denn mit dir los?«

»Gar nichts, was soll mit mir los sein?«

»Du benimmst dich völlig merkwürdig.«

»Dann also bis übermorgen.«

»Soll ich dich vom Flughafen abholen?«

»Nein«, sagte ich und ärgerte mich im selben Moment, weil

Anne sich jetzt fragen würde, wieso ich das nicht wollte. »Mit dem Zug ist es doch völlig unproblematisch.«

»Aha«, sagte Anne.

Ich tat so beiläufig wie möglich.

»Also bis bald«, sagte ich.

Zwei Tische weiter sitzt eine Familie. Drei Kinder. Wir sind ja auch ein Familienclub mit Kinderbetreuung. Nicht nur Singles kommen hier auf ihre Kosten, man will auch Familien ansprechen, was ich gut finde. Mir gefällt diese Mischung. Die Kinder schauen zu mir herüber, wahrscheinlich fragen sie sich, wieso die Frau allein am Tisch sitzt, jetzt schauen auch die Eltern, allerdings eher unauffällig, heimlich. Kinder sind da ja gnadenloser.

Manchmal stelle ich mir vor, wie es wäre, wenn ich mit Familie an einem der Tische sitzen und heimlich zu der Frau hinüberschauen würde, die alleine frühstückt, im Instructor-Shirt. Uns vielleicht sogar kurz zulächelt, eine Bemerkung macht, fragt, ob wir schon beim Tennis gewesen wären. Wir könnten gern mal vorbeischauen, sie würde sich freuen. Wir würden freundlich zurücklächeln, für die nette Aufforderung danken, sagen, wir wollten es uns überlegen, klar, eine schöne Abwechslung, trotzdem hätten wir ja schon ein volles Programm, wir wüssten noch nicht, wie wir das alles unter einen Hut bringen sollten. Die Frau würde lachen, wir würden lachen, dann kümmerte sich jeder wieder um sein Frühstück. Sandra wäre fünfzehn, würde sowieso anschließend alleine losziehen, hätte keine große Lust auf gemeinsame Unternehmungen mit den Eltern; dafür gäbe es Bekanntschaften mit irgendwelchen Siebzehnjährigen. Am Abend zuvor hätte sie mit denen bis spätnachts in der Disko getanzt, was natürlich Ärger mit uns geben würde, weil wir ihr das nicht einfach durchgehen lassen könnten, sie hätte gegen

Abmachungen verstoßen. Beim Frühstück würde sie kein Wort sprechen und sich schwören, dass es das letzte Mal wäre, zusammen mit den Eltern in Urlaub zu fahren. Vielleicht würde neben Sandra ihr kleiner Bruder Jan sitzen. Ich wäre noch mal schwanger geworden, versehentlich, aber dann wollten wir das Kind auch bekommen, jetzt ist es zwei Jahre alt. Ein großartiges Alter, das fand ich schon bei Sandra. Nach dem Frühstück würde ich Jan im Miniclub abgeben, zum Mittagessen wieder abholen, bis dahin mit Berthold zum Surfen gehen oder vielleicht sogar zum Tennis, die Frau klang ja ganz sympathisch. Sandra würde sich mit diesen Siebzehnjährigen treffen, in der Nacht zuvor hätten sie es ausgemacht. Am Nachmittag Sport oder mit Jan am Strand, bis zum Abendessen, anschließend zurück in unseren Bungalow, höchste Zeit für den Kleinen, ins Bett zu gehen. Ich würde mit Berthold auf der Terrasse sitzen, die milde Luft genießen und ein Glas Wein trinken. Wir würden uns Gedanken über Sandra machen, die natürlich wieder unterwegs wäre. Nach zwei Wochen der Rückflug, die Chartermaschine ausgebucht, Ankunft in Berlin gegen Mittag, alle braungebrannt. Erholt, ja, schon weil wir zwei Wochen in einer ganz anderen Umgebung waren, aber alles abzuwerfen und völlig loszulassen ging natürlich nicht, allein wegen der Kinder. Die Verantwortung für sie konnten wir nicht am Clubeingang abgeben. Dann mit zwei Gepäckkarren zum Taxistand, Fahrt zu unserer Wohnung, die im nächsten Augenblick aussehen würde, als hätte eine Bombe eingeschlagen, voller aufgeklappter Koffer und halb ausgeräumter Taschen. Jan müsste als Erstes versorgt werden, Sandra würde in ihrem Zimmer verschwinden und die Tür zumachen, Berthold den AB abhören, den Computer starten, nach Mails schauen. Er würde noch mal nach unten gehen zum vollgestopften Briefkasten und die Post holen. Gegen Abend, wenn in der

Wohnung alles einigermaßen geregelt und die Waschmaschine eingeschaltet wäre, würde ich mich oben im Büro wegen der Baustelle auf den neuesten Stand bringen. Nach drei Tagen keine Spur mehr vom Urlaub. Sandra würde in die Schule gehen, Berthold in seine Versicherung, es hätte interne Umstrukturierungen gegeben. Noch in Barbados wäre er per SMS informiert worden, ein neuer Chef, mit dem er nicht so gut auskäme, jedenfalls hätte er sich am Strand so geäußert und sich geärgert, das Handy überhaupt mitgenommen zu haben. Jan würde ich morgens zur Kita bringen, anschließend zurückfahren, ins Büro, den Termin auf der Baustelle wahrnehmen, wieder ins Büro, Jan von der Kita abholen, nach Sandra schauen, einkaufen, Berthold wollte abends kochen. Irgendwann würde Sandra ihr Abitur machen, ausziehen und studieren, das Gleiche käme bei Jan, nur eben mit zwölf Jahren Verzögerung. Ich würde arbeiten, Berthold würde arbeiten, wir würden regelmäßig in Urlaub fahren, im Sommer ans Meer, im Winter ins Gebirge.

Ich löffle Müsli und weiß, dass mich dieses Leben unglücklich machen würde, so wie es mich unglücklich machte, es hat sich nichts geändert in mir. Das beruhigt mich. Als stellte ich mich immer wieder selbst auf die Probe, um zu überprüfen, ob ich heute noch so handeln würde, wie ich gehandelt habe. Ich versuche mir vorzustellen, wie die Dinge gekommen wären, wenn ich durchgehalten hätte. Und jedes Mal fühle ich das Gleiche, ganz spontan, ohne dass ich es mir zuvor vernünftig zurechtlege. Ich will mir dabei nie etwas schönreden. Im Gegenteil, manchmal wünschte ich mir fast, anders zu fühlen.

Berlin war nie meins. Es war die Stadt, in der ich eben lebte, aber genauso gut hätte ich auch in Köln leben können oder in München. Eine größere Stadt, das schon, aufs Land zog es mich nie, was Deutschland betrifft, aber Berlin musste es nicht unbedingt sein. Ein Zufall, nicht bewusst ausgesucht, es ergab sich wegen des Studiums, und dann blieb ich eben, wo ich war, wegen der Freunde und Bekannten. Die Begeisterung, die viele für Berlin haben, weil diese Stadt so spannend sei, so lebendig, so anregend, habe ich nie geteilt. Ich mied ja gerade Stadtteile wie Friedrichshain, Kreuzberg oder Neukölln mit ihrer Subkultur, die ich immer als aufgesetzt empfand. Anfangs arbeitete ich in einem Büro in Kreuzberg 36, Glogauer Ecke Wiener, Hinterhaus, Fabrikgebäude. Jeden Tag, wenn ich durch die Hofeinfahrt ging, und ich meine wirklich jeden Tag, egal ob morgens oder abends, roch es durchdringend nach Urin und Müll. Ich sah die halb getrockneten Pfützen neben den Tonnen, wenn ich mich nicht zwang, irgendwo anders hinzuschauen. Bei schönem Wetter gingen wir manchmal in der Mittagspause in den Görlitzer Park, der ja direkt vor der Haustür lag. Was das Gelände mit einem Park zu tun haben soll, erschloss sich mir nie. Eine Mondlandschaft mit Grasbüscheln, die unaufhörlich von Hunderten von Kötern beschnuppert und bepisst wird. Auf Schritt und Tritt fragt irgendein Kleindealer, ob man was zum Rauchen braucht. Irgendwann blieb ich tagsüber nur noch im Büro, weil ich diese Gegend hasste. Ich konnte den Siff nicht mehr ertragen, und ich glaube, dies war mit ein Grund, weshalb ich mich selbständig gemacht habe. Auf das Dachgeschoss bei uns im Haus hatte ich schon länger spekuliert, die Idee bereits mit Berthold besprochen, obwohl es noch nicht zur Entscheidung stand, nur für den Fall der Fälle. Er sah die Risiken, war aber trotzdem einverstanden. Vielleicht rechnete er auch nicht wirklich damit, dass es überhaupt klappen würde, doch dann ging plötzlich alles ganz schnell und ich griff sofort zu. Als ich ihn beim Abendessen damit überraschte, wurde sein Gesichtsausdruck schlagartig skeptisch. Ich hatte den Eindruck, es wäre ihm nun doch lieber gewesen, wenn ich weiter in Kreuzberg angestellt gewesen wäre. Aber dazu war es zu spät, ich hatte schon alles in die Wege geleitet.

Es war mir immer wichtig, zu arbeiten. Architektur begeisterte mich, es machte mir Spaß, Pläne zu zeichnen, Konstruktionen umzusetzen und auf Baustellen zu fahren. Ich war immer gern vor Ort, obwohl ich natürlich wusste, was sich die Baujogis in ihren Köpfen ausmalten, wenn sie mich sahen, aber das störte mich nicht. Außerdem bin ich handwerklich begabt und kann zupacken, wenn es sein muss. Ich hatte keine Angst um meine Nägel, ein Püppchen war ich nie. Irgendwann hatten die Typen das kapiert, obwohl es eine Weile dauerte, und auf der nächsten Baustelle fing ich natürlich wieder bei null an, beziehungsweise nicht bei null, sondern bei minus fünf auf der Vorurteilsskala. Doch damit konnte ich leben. Es machte mich stolz, ein eigenes Büro zu haben. Ich habe ja vier Wochen nach Sandras Geburt wieder im Büro am Computer gesessen, ich musste einfach, ich wäre wahnsinnig geworden, nur daheim mit dem Kind. Rabenmutter nannten mich manche unserer Freunde scherzhaft, und ich spürte den ernsten Kern darin, trotz allem Lachen. Er war nicht berechtigt, fand ich. Ich liebte mein Kind, aber trotzdem musste es doch möglich sein, noch etwas anderes zu machen. Ich war mir sicher, auch das Kind wollte nicht, dass ich mein eigenes Leben opferte. Man muss sich kümmern, gar keine Frage, aber dafür reicht einer, und Berthold ging freiwillig in Elternzeit, er fand das großartig, sowieso nahm er diese Vaterrolle sofort und völlig widerspruchslos an, was mich erstaunte, denn so reibungslos lief das alles bei mir nicht, und ich bin sicher, dass ich damit nicht alleinstehe, jedenfalls entnahm ich das damals den Andeutungen von Freundinnen. Ohne aber dass je eine von Ihnen klipp und klar aussprach, was sie wirklich fühlte. Niemals. Als sei das ein Tabu. Wenn nun aber Berthold freiwillig einverstanden war, die nächsten drei Jahre daheimzubleiben, für mich ein Glücksfall, dann konnte doch ich arbeiten, irgendeiner musste schließlich und wieso nicht ich? Nur weil ich die Mutter war? Man steckte mich in eine Schublade und klebte ein Schild mit *Mutti* drauf. Ich meine, es ist doch klar, dass ich mich dagegen wehrte. Das Kind war bestens versorgt, Berthold kümmerte sich rührend, wieso durfte ich dann nicht ins Büro gehen, es ist mir einfach nicht begreiflich.

Sogar bei unseren Freunden stieß es auf Stirnrunzeln und Augenbrauenhochziehen. Ohne es auszusprechen, dachten sie, dass eine Mutter zu ihrem Kind gehört, vor allem wenn es neu geboren ist. Aber ich gehörte ja zu ihm, Sandra war meine Tochter, ich liebte sie, und trotzdem fand ich es unglaublich wichtig, nebenher auch etwas anderes machen zu können, ja machen zu müssen, weil mich diese hundertprozentige Gluckenrolle einfach kaputtgemacht hätte. Doch damit stieß ich auf eine Mauer des Unverständnisses. Es dauerte eine ganze Weile, bis ich akzeptierte, dagegen nicht anzukommen.

Noch eine Dreiviertelstunde, bis ich mich mit Shelly treffe. Ich stehe auf, lächle den Kindern zwei Tische weiter zu und schlendere durch die Anlage zu meinem Zimmer. Irgendwie wäre mir plötzlich wohler, wenn ich nicht fliegen würde, wenn alles ganz normal weiterginge. Niemand zwingt mich, Irene hatte nur einen Vorschlag gemacht, vielleicht nicht ganz ernst gemeint, und ich war darauf eingegangen, auch um mal rauszukommen, aber jetzt wäre es mir lieber, ich hätte abgelehnt. Irgendwie beschleicht mich ein merkwürdiges Gefühl bei dieser Reise.

Ich denke oft an meine Großmutter, die vor ein paar Jahren gestorben ist. Mein Eindruck war immer, dass sie für andere lebte, für mich, für ihren Sohn, für ihren Mann, für ihre Brüder. Es war ihr eine Herzensangelegenheit, uns eine Freude zu machen, uns etwas zu schenken, auch wenn sie selbst nur gerade so über die Runden kam. Sie sparte es sich vom Mund ab, nur um etwas geben zu können. Ich liebte sie wirklich, verstand aber nie, weshalb sie nicht an sich dachte, sondern immer nur an andere, und ich bereue es, sie niemals danach gefragt zu haben. Es würde mich wirklich interessieren, was sie mir geantwortet hätte. Leider ist es jetzt dafür zu spät. An ein Leben nach dem Tod glaube ich nicht. Es wird vorbei sein, Schluss, ein traumloser Schlaf, aus dem man nie mehr erwacht, dessen bin ich mir sicher, so sicher, wie man sich eben sein kann, was das betrifft. Alles andere ist eine Illusion, die vielleicht manchen hilft, ihr Dasein besser zu ertragen. Das soll jeder mit sich selbst ausmachen. Ich würde nie auf die Idee kommen, es jemandem auszureden, aber was mich betrifft, sind die Dinge klar. Es kommt nichts mehr. Und wenn man es so betrachtet, ist dieses Leben eigentlich ungeheuer wertvoll. Ich finde, man muss sehr behutsam mit ihm umgehen.

Wie ich Silvester verbringe, weiß ich noch nicht. Ich habe keine Pläne. Natürlich werde ich nicht bei Irene sein, obwohl sie es mir angeboten hat, aber das möchte ich unter keinen Umständen. Wahrscheinlich werde ich in die Hotelbar gehen und etwas trinken, es sei denn, ich bin die Einzige. Unter diesen Umständen würde ich lieber in meinem Zimmer Fernsehen schauen. Aber vielleicht sind in der Bar noch andere, in einer ähnlichen Situation. Man unterhält sich, fragt, was der andere so macht, wieso er an Silvester allein im Hotel sitzt. Irgendwann ist Mitternacht, man wünscht sich ein gutes neues Jahr, und später geht man zurück in sein Zimmer. Das wäre vollkommen in Ordnung. Für mich hatte Silvester nie diese Bedeutung. Ich fand den Druck, unter allen Umständen feiern zu müssen, immer schwierig. Im Club ist natürlich auch jedes Mal Halligalli, aber hier kann ich mich zurückziehen, ohne das Gefühl haben zu müssen, ich sei unsagbar einsam. Irgendwie gehört man dazu, auch wenn man nicht körperlich anwesend ist. Das ist für mich wie maßgeschneidert.

Ich glaube, ich werde das Angebot von Raimond mit Bora Bora annehmen. Mein Gefühl sagt mir, es ist die richtige Entscheidung. Je länger ich darüber nachdenke, desto mehr freue ich mich darauf.

Djerba, 21. November, abends

»Grüß dich, Maren«, sagte ich und schaute auf ihr halbvolles Longdrink-Glas, »was trinkst du?«

»Long Island Ice Tea«, sagte Maren. »Rum, Wodka, Gin, Tequila, Curaçao, Zitronensaft, Orangensaft, Cola.«

Ich ging an die Bar und bestellte mir auch einen.

Meine Einladung während der Einzelstunde am Nachmittag hatte sie nicht überrascht, sie wurde oft von Gästen eingeladen. Man sah sich jeden Tag beim Tennis, da wollte man auch die private Maren kennenlernen, die Frau hinter der Trainerin. Abends hatte man Zeit, nach dem Essen. Es gab zwar immer Programm, was aber nicht alle annahmen.

Es war kurz vor zehn, die Bar halb voll.

Normalerweise bestellte ich keine Cocktails, ich trank hauptsächlich Bier, aber an diesem Abend war mir danach, außerdem kannte ich Long Island Ice Tea von früher und wusste, es schmeckte mir, warum also nicht einmal etwas anderes zur Abwechslung.

»Prost Maren«, sagte ich und stieß mit ihr an.

Unser Tisch abseits, am äußersten Rand der Bar im Lounge-Bereich. Wir saßen auf geflochtenen Korbmöbeln, die aussahen wie Blöcke, in die man eine bepolsterte Sitzfläche eingelassen hatte, alles in Rot und Schwarz, schick, wenn auch etwas voluminös. Eine Mischung aus Sessel und Sofa, ich fand sie sehr bequem. Maren hatte einen Arm der Länge nach auf die Lehne gelegt, ein Bein locker übers andere geschlagen. Im engen Rock, mit taillierter Bluse und Sneakers hatte sie diese Mischung aus Eleganz und Sportlichkeit, die ich ziemlich anziehend fand.

Wir redeten über Tennis.

Sie trank den Rest ihres Cocktails und sagte: »Ich hol mir noch einen.« Kurz darauf kam sie mit zwei Ice Tea zurück, obwohl ich von meinem kaum etwas getrunken hatte.

»Prost Joachim«, sagte sie.

»Prost Maren«, sagte ich und schaute auf die beiden Gläser vor mir, eines noch nicht mal halb leer und das andere randvoll.

Maren grinste.

Wir tranken.

»Das ist ein Ding«, sagte ich, sah ihr in die Augen und schüttelte den Kopf.

»Was?«, fragte sie.

»Na dieser Club!«

Sie lächelte.

»Gefällt's dir hier?«

»Klar!«, sagte ich.

»So soll's sein.«

»Bist du schon lange hier?«, fragte ich.

»Ein gutes Jahr«, sagte sie und trank.

»Was hast du denn vorher gemacht? Ich mein, wie kam's, dass du hier gelandet bist?«

Maren winkte ab.

»Na und du?«, fragte sie. »Was machst du eigentlich so, beruflich?«

»Filmkritiker«, sagte ich.

»Filmkritiker. Hatt ich noch nie, glaub ich.«

Ich stülpte die Unterlippe vor und zuckte mit den Schultern.

»Architektin«, sagte Maren, »ich bin von Haus aus Architektin.«

»Ach was«, sagte ich.

Wir tranken.

»Und dann hast du irgendwann gedacht: Ich werd lieber Tennislehrerin?«

Sie lächelte, stand auf, fragte am Nachbartisch nach einer Zigarette, setzte sich wieder und genoss den ersten Zug sichtlich.

»Ich wusste gar nicht, dass du rauchst«, sagte ich.

»Eigentlich rauch ich auch nicht«, sagte Maren und blies den Rauch an die Decke, »nur manchmal, wenn ich was getrunken hab, abends, dann kann ich nicht wiederstehen und schnorr eine.«

»Da bewunder ich dich«, erwiderte ich. »Ab und zu eine rauchen, abends, ich meine, das ist doch wirklich ein Genuss. Kann ich aber nicht. Ich wär sofort wieder süchtig, das ginge ratzfatz, am nächsten Tag wär ich bei fünf und in ner Woche bei ner Schachtel.«

»War nicht immer so, bei mir«, sagte Maren, »früher hab ich mal locker anderthalb Schachteln am Tag weggeraucht, und wenn es sein musste, auch zwei. Aber davon bin ich Gott sei Dank weg.«

»Auf anderthalb hab ich's auch gebracht«, sagte ich und trank, »dann musste ich morgens husten, völlig sinnlos, das hat mich angekotzt, verstehst du, da hab ich gedacht, ich hör auf. Und dann hab ich mir das ne Weile durch den Kopf gehen lassen, und an meinem dreißigsten Geburtstag, da hab ich geraucht wie ein Schlot, und ich meine wirklich wie ein Schlot, um mir das richtig zu verleiden. In Venedig war das, mit ner Freundin. Sind wir den ganzen Tag lang rumspaziert und ich hab eine nach der anderen gequalmt, Belmondo in *À bout de souffle* ist nichts dagegen, und auf der Rückfahrt im Zug, da hab ich um Mitternacht die halbvolle Schachtel aus dem Fenster geworfen, das konnt man damals ja noch öffnen, und das Feuerzeug hinterher und von da an war Schicht im Schacht.«

»Und nie mehr geraucht?«

»Nie mehr«, sagte ich. »Wär ich doch sofort wieder süchtig geworden, nee, das war's mir nicht wert.«

»Bist ganz schön diszipliniert, was?«

»Prost Maren!«

»Prost Joachim.«

»Nenn mich doch einfach Jo. Hattest du eigentlich ein eigenes Büro, als Architektin, mein ich?«

Maren grinste und sagte: »Klar. In Japan.«

»Was?«

»Japan.«

»Ja«, sagte ich und trank, »Japan.«

»Da fing's bei mir richtig an.«

»Was denn?«

»Praktikum, bei Isozaki, nach dem Studium. Kennst du den?«

»Wen?«

»Na ja, der nimmt nicht jeden, aber uns hat er genommen, mich und nen Kommilitonen, und dann sind wir damals nach Tokio. Waren natürlich mächtig stolz. Erst ein halbes Jahr, dann haben wir verlängert, noch mal ein halbes Jahr. Eine großartige Zeit, da hab ich richtig gebrannt. Warst du mal in Japan, Jo?«

Ich schüttelte den Kopf.

»Dieser Großraum Tokio-Yokohama, das ist Wahnsinn, einfach Wahnsinn. Da fährst du den halben Tag mit dem Zug und bist immer noch in der Stadt. Mir wurde das am Ende zu viel, aber interessant war es. Die sind härter als wir, die Japaner, ich meine, die arbeiten von frühmorgens bis spätabends, da kennen die nichts. Wir haben da unser Leben im Büro verbracht, nachts um zehn noch vor dem Reißbrett, das war völlig normal, da machten die gar keine Worte drüber. Irgendwann sind die derart kaputt, dass sie sich vor einen Zug werfen, aus Trotz, weil sich das für einen Japaner nicht gehört, wegen der ganzen Schweinerei, die das verursacht. Dass sich einer umbringt, ist völlig o.k., ja, das stört keinen, aber bitte heimlich, still und sauber. Vor allem sauber, das ist das Wichtigste. Und dann gibt es eben welche, die ganz zum Schluss doch noch den Revoluzzer rauslassen, den sie ihr Leben lang unterdrückt haben.«

Wir stießen an.

Marens zweites Glas war schon fast wieder leer, ohne dass ich ihr etwas anmerkte, keine Ahnung, wie sie das machte, ich hatte gerade mein erstes ausgetrunken und rührte mit dem Strohhalm im zweiten. Es gab eigentlich nichts umzurühren, ich wirbelte nur die Eiswürfel durcheinander, aber mir gefiel das klackernde Geräusch. Um mit Maren gleichzuziehen, trank ich das Glas zur Hälfte aus. Der Cocktail schmeckte prima, fast wie Cola pur, süffig, süß, sprudelnd, sehr erfrischend. Man spürte gar nicht, was man eigentlich trank. Plötzlich merkte ich, wie ich entspannter wurde und die Dinge viel lockerer sah.

»Ich hol uns noch was«, sagte Maren.

»Nein!«, rief ich ihr hinterher, »mir reicht's!«

Kurz darauf standen schon wieder zwei Gläser vor mir, eines halb voll, das andere ganz.

»Runter damit«, sagte Maren.

Wir stießen an.

»Verdammt, Maren.«

»Was?«

Ich winkte ab.

»Hast du eigentlich Familie?«, fragte ich.

»Nein«, sagte Maren. »Und du?«

»Verheiratet«, sagte ich. »Keine Kinder.«

»Warum?«

»Was, warum?«

»Warum ohne Kinder?«

»Will ich nicht«, sagte ich und zuckte mit den Schultern. »Anne schon. Meine Frau. Ist 'n bisschen unser Knackpunkt, verstehst du? Ich weiß nicht, wieso, also, wieso ich keine will. Eigentlich find ich Kinder toll. Doch wirklich, sag ich jetzt nicht nur so. Auch wenn's komisch klingt, aber diese Unverdorbenheit bei Kindern, die find ich eigentlich großartig. Klar, die werden mit jedem Tag mehr versaut, da kann man nichts machen. Ne leere Festplatte, mit Betriebssystem natürlich, aber sonst völlig leer, Speicher komplett frei, nichts runtergeladen, kein Trash, keine Bugs, kein merkwürdiges Zeugs, das dafür sorgt, dass das Ding immer langsamer wird, und man weiß gar nicht, wieso, na und dann wird eingeschaltet und los geht's und es wird versaut. Stimmt doch, Maren, oder?«

Ich trank.

»Na ja«, sagte ich. »Ist nicht einfach für Anne, klar, weil bei der tickt ja die Uhr, die ist jetzt achtunddreißig, das find ich schon ganz schön alt für Kinder, auch wenn sie heutzutage noch mit sechzig welche bekommen, was ich scheiße find, Maren, mit sechzig Kinder. Hab ich kürzlich wo gelesen. Purer Egoismus, sonst nichts, bloß weil die das unbedingt wollen und die Wissenschaft das hinkriegt, ich mein, wie scheiße muss man denn eigentlich drauf sein, was? Anne ist natürlich noch nicht in dem Alter, klar, mit achtunddreißig ginge das noch, da ist sie keine Ausnahme, aber ich will eben keins, und ich kann doch nicht nur Anne zuliebe ein Kind in die Welt setzen, oder? Ich mein, das geht nicht, das wär verantwortungslos, da wär ich ja wie diese Sechzigjährigen, nein, das mach ich nicht. Trotzdem ist's schwierig, weil eben der Countdown runterzählt, und zwischendrin mal anhalten ist nicht. Aber ich kann mich doch nicht anders machen, als ich bin.«

»Nein«, sagte Maren, »kannst du nicht, völlig klar.«

»Prost!«

»Prost!«

»Mensch, Maren, mich würd das abschnüren. Hier, direkt an der Gurgel, da würd's mir reinschnüren. Man hat's in die Welt gesetzt und ist verantwortlich, klar, ich mein, da spür ich doch Druck. Und vor allem hört das ja nie auf, das geht ewig, für beide Teile, so lang, bis einer stirbt. Kind bist du noch mit achtzig, wenn du Pech hast. Stell dir das mal vor, Maren, scheiße verdammt. Da zuck ich zurück, sag ich dir ganz ehrlich, da wird's mir zu viel.«

Wir tranken.

Ich musste lachen.

»Anne, Maren, na ja, zu der hab ich mal gesagt, wir bräuchten Kinderkrippen, so wie die drüben früher. War doch nicht alles schlecht, was? Gleich rein damit, von Anfang an, am besten noch mit der Käseschmiere drauf. Dieser Schauspieler, Maren, wie heißt der noch mal, verdammt, berühmt, wirklich, kennt jeder, deutscher Schauspieler, gibt's doch nicht, der hat doch in diesem Film mitgespielt, also der hat ja in vielen Filmen mitgespielt, aber ich mein den einen, wie war der Titel noch mal, ich komm nicht drauf, scheiße, na egal, über den hab ich mal ne Dokumentation gesehen, im Fernsehen, über dem sein

Leben, und da kam sein Vater oder Stiefvater drin vor, weiß ich jetzt nicht mehr, ist auch scheißegal, jedenfalls sagt der ganz ungeniert mitten rein in die Kamera, sein Sohn oder eben Stiefsohn oder was auch immer, also der hätte als Kind regelmäßig ne Tracht Prügel gebraucht, der hätte da richtig drum gebettelt und hinterher sei es dem dann wohler gewesen, das hätte man richtig gespürt, und deshalb hätte der die Prügel dann natürlich auch wieder bekommen, wenn er's gebraucht hätte, also wenn's wieder so weit gewesen wäre, verstehst du, Maren, sagt der in die Kamera und grinst, diese Drecksau.«

Sie wollte etwas sagen, aber ich redete einfach weiter.

»*Tödliche Entscheidung*, Maren, *Before the devil knows you're dead*, ganz großes Kino, sag ich dir, Sidney Lumet. Da überfallen zwei Brüder den Juwelierladen der Eltern, dabei wird die Mutter versehentlich erschossen, natürlich Absicht, dass die versehentlich erschossen wird, logisch, also ich mein jetzt vom Script aus, verstehst du. Na und der eine der beiden Brüder treibt's nebenher die ganze Zeit mit der Frau des anderen, also seiner Schwägerin, und zum Schluss erstickt der Vater einen der Söhne mit einem Kissen, weil er mitbekommen hat, wer hinter dem Überfall steckt. Und wieso überhaupt der Überfall, Maren? Weil der Vater früher mit eiserner Hand erzog, und die Mutter hat's erduldet. Das rächt sich halt irgendwann, braucht sich keiner wundern. Logisch. Scheiße, Maren, das entscheidest du nicht, da hast du keine Chance, als Sperma, wer dich wohin schießt, da fragt dich keiner nach deiner Meinung, als ging's dich nichts an, dabei geht's doch dich am meisten an, wenn man's mal so sieht, na ja, keine Ahnung, wer das entscheidet, na und dann Kopf oder Zahl, rien ne plus, was? Und die Krippen würden das eben vermeiden, ist doch logisch, da hätt jeder annähernd die gleiche Chance, zumindest die gleiche Umgebung, würd gleichbehandelt, wär von Anfang an in ner Gemeinschaft und eben nicht dem Zufall ausgeliefert, ziehst du jetzt ne Niete oder den Hauptgewinn.«

Maren grinste.

Ich trank.

»Klar, wenn du dann in den Odenwald kommst, in so ein scheiß Internat und vom Erzieher gefickt wirst, dann weiß man nicht, wo's besser ist, was? Wo bist du eigentlich aufgewachsen, Maren?«

»Kassel, in der Nähe, so dreißig Kilometer weg.«

»Bei mir war's Wedel. Kennste Wedel?«

Sie schüttelte den Kopf.

»Einfamilienhaus«, sagte ich, »ganz klassisch. Klinkerfassade, Rasen drum rum, der musste immer samstags gemäht werden, sonst wär die Welt untergegangen. Klinker kann ich nicht mehr sehen, Maren, hab ich ne richtige Aversion gegen. Bin extra deshalb von Hamburg nach Göttingen. Hab ja erst in Hamburg studiert. In Göttingen gab's auch Klinker, aber nicht so viel. Ich hass die scheiß Klinker, Maren, mir wird richtig schlecht, wenn ich irgendwo Klinker seh. Wahrscheinlich komm ich deshalb nie mehr nach Wedel. Scheiß Wedel. Und wenn ich doch mal da bin, wegen nem ganz außergewöhnlichen Ereignis, dann überleg ich nach zwei Stunden, wie ich mich am besten aus'm Staub machen kann.«

Ich griff zum dritten Glas und schluckte und schluckte, ich hatte die Kontrolle verloren.

»Schmeckt super, das Zeug«, sagte ich.

Maren lachte.

»Scheiße, Maren«, rief ich und winkte ab. »Scheiße. Fassbinder, *In einem Jahr mit dreizehn Monden*, ja, wo die Hanna Schygulla im Schlachthof durch die Blutlachen stöckelt und aus ihrem Leben erzählt, während im Hintergrund Rinderhälften durchgesägt werden, ja, geile Szene übrigens, total geile Szene, jedenfalls fängt alles mit nem Vorspann an, und der Vorspann beginnt so: Der Mensch ist ein hässliches Tier. Na, was sagst du, Maren, bisschen platt vielleicht, geb ich ja zu, trifft aber genau den Kern, find ich. Na ja. Manchmal würd ich am liebsten alles hinschmeißen, Maren, und Bauer werden, doch, echt jetzt, so 'n Selbstversorger. Lach nicht so blöd! Klar wär ich da arm wie ne Kirchenmaus, aber wenn's reichen würd, dann fänd ich das erfüllend, glaub ich. Erfüllender, als wenn ich ne Kritik schreib und noch eine und noch eine. Ist doch eigentlich für'n Arsch, wenn man ehrlich ist.«

Maren zuckte mit den Schultern.

Ich stand auf und ging zur Toilette.

Unterwegs stieß ich mit jemandem zusammen, es war mir gleichgültig, ich ging einfach weiter, nicht wirklich torkelnd, aber alles um mich fühlte sich seltsam entfernt an. Dann strömte es, ich meine, es strömte wirklich, während ich an die Fliesen schaute, türkis, mit Muster, irgendwas Griechisches, glaubte ich, aber es interessierte mich eigentlich nicht, ich hörte vor allem dem Plätschern zu. Es fiel mir schwer, gerade zu stehen, ich schwankte ganz leicht nach vorn und hinten, sehr leicht, kaum merkbar, aber manchmal berührte ich mit meiner Stirn die Fliesen an der Wand vor mir, weil ich zu spät reagierte. Ich grinste, blieb eine Weile lang abgestützt durch meine Stirn stabil stehen, es plätscherte, neben mir stand plötzlich jemand, ich drehte meinen Kopf zu ihm, er lächelte mir zu, ich sah wieder geradeaus, mein Strömen hatte sich endlich zu einem Tröpfeln vermindert. Ich begann zu schütteln, etwas zu früh, packte ein, versuchte die Knöpfe meiner Jeans zuzumachen, was sich schwierig gestaltete, die Knöpfe waren irgendwie zu groß, ich konnte sie kaum schließen, ich hantierte und hantierte, bis es mir schließlich gelang, zwei oder drei zuzuknöpfen, kam wieder an unseren Tisch, strahlte Maren an, ließ mich in meinen Sessel fallen und war froh um die Lehne.

»Diese Typen in den Pressevorführungen, Maren«, sagte ich, noch bevor ich richtig saß, und winkte ab, »diese Typen, immer dieselben, mein Gott, hör mir auf. Vielleicht dreißig Hansel, und die seh ich jeden Tag zwei Mal, morgens und mittags, und davor und danach immer dasselbe Geschwätz, wer welchen Film schon gesehen und wie gefunden und wer die Zeitung gewechselt hat, oder noch schlimmer, Privates, was man abends kochen will und noch einkaufen muss. Und dann gibt's welche, die sich inszenieren, das sind die Schlimmsten. Einer kommt immer, musst du dir mal vorstellen, Maren, also immer, immer immer immer genau eine Minute zu spät, exakt eine Minute, ich weiß nicht, wie der das macht, der muss extra draußen warten, da läuft der Vorspann schon, da kommt der rein und genießt seinen Extraauftritt, wenn er den ganzen Saal entlangläuft und sich in die zweite Reihe ganz außen hinsetzt, könnt ich schon kotzen, wenn ich den nur seh mit seiner Wirrkopffrisur. Oder die alte Oma aus Stettin, Maren, samt Haarknoten auf dem Kopf, die hat mich mal ne halbe Stunde über ihr Heimatvertriebenendasein zugeschwallt, obwohl ich's gar nicht wissen wollte, ausgerechnet die, die mir sowieso von Anfang an unsympathisch war, ich kann dir nicht erklären, warum, ist einfach so, kann ich nicht riechen, gibt's ja wirklich, also dass man jemand nicht riechen kann, also wirklich nicht riechen, wie die Köter, na ja, frag mich auch, für wen die überhaupt schreibt, wahrscheinlich für irgendne Vertriebenenzeitung oder so. Scheiße, Maren. Und die zwei, die sich immer erste Reihe Mitte platzieren oder platziert haben, haha, direkt nebeneinander, na ja, sei ihnen gegönnt, ich wollt nicht erste Reihe Mitte sitzen und Genickstarre kriegen, aber bitte. Jedenfalls haben die sich seit Neuestem irgendwie verkracht, reden keinen Ton mehr miteinander, und einer von beiden muss immer in die zweite oder dritte Reihe ausweichen, wenn der andere schon die erste Reihe Mitte besetzt hat, weil sie nicht mehr nebeneinander sitzen wollen, und wenn sie drei Plätze freilassen, ist der Winkel zur Leinwand scheiße. Aber was soll's, mir kann's egal sein, dafür muss ich keine scheiß Werbung sehen. Riesenvorteil von den Pressevorführungen, dass da keine scheiß Werbung gezeigt wird. Mensch, Maren, irgendwie arbeitet man sein Leben ab, so kommt mir's vor. Dabei könnt man auch anders, theoretisch, kann aber irgendwie doch nicht, könnt aber. Ist doch paradox. Ich mein, wenn ich mir vorstell, ich würd morgen von nem Auto überfahren werden, ja, und würd so daliegen auf der Straße in ner Riesenblutlache mit Gehirnfitzelchen drin und so und wüsste, jetzt hat das letzte Stündlein aber so was von geschlagen, ja, also ich mein, da würd ich doch denken, Scheiße, Scheiße, ich hätt alles anders machen müssen. Aber dann wär's zu spät. Also diese Typen, die immer sagen, sie würden alles genau so wieder machen, die hass ich ja wie die Pest, die gehn mir aber so was von auf den Zeiger. Ich würd überhaupt nichts wieder so machen, Maren, das ist die Wahrheit. Na ja, sagen wir mal das meiste. Und obwohl ich das weiß, änder ich trotzdem nichts, ich Arsch. Jetzt hätt ich doch noch die Gelegenheit, aber ich kann mein Leben nicht übern Haufen werfen, nur weil ich das Gefühl hab, ich müsst mal was ändern, oder, Maren? Nee, mach ich nicht. Mensch, Maren, echt jetzt, wenn so 'n riesiger Planet ankäm auf Kollisionskurs, so wie in *Melancholia,* und uns übern Haufen schieben und ein für alle Mal aus die Maus, Tabula rasa, dann fänd ich's so schlimm nicht. Doch, Maren, so schlimm fänd ich's nicht, dann wär's eben aus. Na und? Sind doch bloß wieder wir Menschen, die sich so furchtbar wichtig nehmen, wo's dem Universum scheißegal ist, was?«

»Auf das Universum«, sagte Maren und trank.

»Auf's Universum«, grölte ich.

Ich wusste nicht mehr, was ich sagte.

Maren erzählte etwas, aber ich sah sie wie mit Weichzeichner aufgenommen, hörte ihre Worte kaum, und wenn ich sie hörte, verstand ich ihren Sinn nicht.

Wir lachten aus vollem Hals, ich wusste nicht, warum.

Ich versuchte, Kügelchen aus meiner Tasche zu kramen, um noch zwei Ice Tea zu holen, aber die Kügelchen kullerten plötzlich auf dem Boden rum, ich rutschte vom Stuhl, kniete auf allen vieren vor unserem Glastischchen und schaffte es nicht, die Kügelchen zu greifen, sie kullerten immer weg, während Maren mir lachend zuschaute.

Dann stand ich an der Bar und hörte mich zwei Ice Tea bestellen.

Als ich mit den Gläsern an unseren Tisch kam, wollte mir Maren eines abnehmen, aber die Feinmotorik meiner Finger war irgendwie abgeschaltet, ich ließ das Glas los, noch bevor sie es richtig gefasst hatte, es fiel auf den Tisch und kippte um.

Alles schwamm in Eiswürfeln und Ice Tea.

Maren leckte sich ihre Finger.

Wir müssen noch eine ganze Weile gesessen haben und getrunken, mir ist das Bild vor Augen, wie ich das Glas ansetzte und merkte, ich kann nicht mehr. Ihr Gesicht in Großaufnahme, strahlend, lächelnd.

Irgendwann stand ich einfach auf und ging.

Ich glaube, ich machte noch eine winkende Handbewegung in Marens Richtung. Es war stockdunkel, ich lief in Schlangenlinien und hatte das Gefühl, sofort der Länge nach hinzufallen, wenn ich nicht ohne Unterbrechung einen Fuß vor den anderen setzte. Der Boden zog mich unaufhörlich an, und ich stemmte mich mit den Beinen dagegen.

Dass ich meinen Bungalow fand, war purer Instinkt, sonst nichts.

Maren schlug Bälle in meine Richtung, mit immer der gleichen Bewegung. Es hatte etwas Hypnotisches, sie schlug im exakt gleichen Rhythmus, wie ein Uhrwerk, abwechselnd Vorhand, Rückhand, Vorhand, Rückhand. Die Gleichartigkeit der Bewegung faszinierte mich, es sah wunderbar aus. Sie schien mich gar nicht zu bemerken, konzentrierte sich ganz auf ihre Schläge. Ich versuchte die Bälle zurückzuspielen, aber ich konnte mich nicht rühren, war wie eingefroren. Verwirrt nahm ich alle Kraft zusammen, doch es gelang mir nicht, auch nur einen Finger zu krümmen. Maren war davon völlig unbeeindruckt, sie drosch Ball auf Ball in meine Richtung und zielte immer genauer auf meinen Körper, die ersten Treffer hatte ich schon einstecken müssen. Plopp, ich versuchte ihr zuzurufen, dass sie das gefälligst lassen solle, aber auch das gelang mir nicht. Jetzt bekam ich die Bälle schon ins Gesicht, verdammt, von meinem Körper ganz zu schweigen, Plopp, das musste ein Albtraum sein. Plötzlich schien es mir, als würde sie etwas singen, Begleitung zu ihren Schlägen sozusagen, eben hatte mich wieder ein Ball voll in den Bauch getroffen, ja, sie sang tatsächlich, ich hörte es ganz deutlich, sie schlug und sang: *Muss i denn, muss i denn zum Städtele hinaus,* Plopp, *Städtele hinaus,* Plopp, *und du mein Schatz bleibst hier,* Plopp. Mir tat alles weh, ich wollte schreien, ein Horror, während sie völlig unbeteiligt ausholte und in ihrer schönen vollen Stimme, die mir von Anfang an gefiel, ungerührt weitersang. *Wenn i komm, wenn i komm, wenn i wieder wieder komm.* Plopp.

Djerba, 22. November

Das durfte einfach nicht wahr sein, dachte ich. Es war noch immer ein Traum, gleich würde ich wieder in meinem Bungalow aufwachen, diesmal aber in Wirklichkeit, und mich fürs Tennis fertig machen, aber ich wachte nicht auf und es war kein Traum.

Eigentlich wollte ich den letzten Tag auf Djerba einfach bloß genießen. Trotz Kater befand ich mich in guter Stimmung, bis mich fast der Schlag traf, als ich Anne und Berthold sah, die mir und Maren entgegenkamen, beide mit dunklen Sonnenbrillen und versteinerten Mienen.

Maren und ich gingen gerade Richtung Buffet, wir wollten nach dem Tennis einen Happen zusammen essen.

Stunden zuvor hatte ich mich aus dem Bett gequält. Ich war völlig platt, mein Kopf fühlte sich an, als steckten tausend kleine Nadeln darin, aber ich wollte nicht der Jammerlappen sein, während Maren auf dem Platz stehen musste, also zwang ich mich anzutreten, aus Solidarität sozusagen. Ohne zu duschen oder etwas zu frühstücken, ging ich zu den Tenniscourts, nahm nur eine Flasche Wasser mit.

Sabine und Rudolf grinsten, als sie mich sahen.

Maren machte einen besseren Eindruck, das musste ich zugeben, ihr waren die Cocktails nicht anzumerken. Sie gab sich wie immer, lächelnd, topfit, während mir bei den Aufwärmrunden plötzlich schlecht wurde. Ich hielt an, beugte mich nach vorn, stützte mich mit den Händen auf die Oberschenkel und hätte um ein Haar mitten auf den Platz gekotzt.

Ich trank einen Schluck Wasser.

Langsam wurde es besser.

Mein Tennis anfangs natürlich furchtbar. Ich traf kaum einen Ball und musste mich schon dafür ungeheuer anstrengen. Mit der Zeit klappte es dann halbwegs, mein Kreislauf musste wohl erst in Schwung gebracht werden, trotzdem war ich nicht unglücklich darüber, als Maren das Zeichen zum Ende des Trainings gab.

Es war unser letztes gemeinsames Training. Wir verabredeten, uns beim Abendessen alle zusammen an einen Tisch zu setzen, als Abschluss sozusagen.

Ich ging also zusammen mit Maren in Richtung Buffet. Der Weg verlief in einer kleinen Kurve, um uns nur Rasen und Palmen. Maren machte einen Scherz, ich lachte und legte ihr locker meine Hand auf die Schulter, es war rein freundschaftlich, wenn auch zärtlicher, als ich es bei einem Mann getan hätte, aber ich hatte wirklich keine anderen Absichten. In der anderen Hand hielt ich den Tennisschläger, schaute irgendwohin und sah plötzlich Anne und Berthold keine zehn Meter entfernt. Dieses Bild brannte sich mir ein bis in alle Ewigkeit, wie die beiden uns entgegenkamen, mit diesen dunklen Sonnenbrillen. Wahrscheinlich vergaßen Anne und Berthold den Anblick ebenfalls nicht, wie ich mit Maren um die Ecke bog, in Tennissachen, verschwitzt, ein Handtuch um den Hals, meine Hand liebevoll auf ihrer Schulter, so musste es zumindest wirken, und wie wir beide grinsten.

Natürlich war es der Super-GAU, die unkontrollierbare Kernschmelze, alles verfloss in Sekunden zu einem ätzenden, bis in alle Ewigkeit strahlenden Brei, ich wünschte mir wie noch nie in meinem Leben ein Loch zum Verschwinden.

Wir wurden alle gleichzeitig langsamer und blieben stehen.

»Anne«, sagte ich idiotischerweise, weil fassungslos, »was machst du denn hier?«

Sie schaute mich nur an, ohne ein Wort zu sagen.

Zumindest vermutete ich, dass sie mich anschaute, ich sah ihre Augen nicht, ich sah nur dunkle Gläser, die mir direkt ins Gesicht blickten.

Maren schien ebenfalls wie vom Donner gerührt, wir standen uns gegenüber, es war wie bei *High Noon*, nur dass wir zu viert waren. Jeder wartete darauf, dass der andere zog.

Berthold machte den Anfang.

»Spinnst du eigentlich?«, sagte er zu Maren.

Wir schwiegen.

»Bist du komplett durchgedreht?«, schob er nach.

Maren schaute ihm in die Augen, relativ ruhig, ich bewunderte sie in diesem Moment, sie wirkte nicht, als wollte sie vor Scham im Boden versinken, im Gegenteil, sie strahlte Selbstsicherheit aus, auch ohne etwas zu erwidern.

Anne schwieg, ich sah nur diese riesigen Brillengläser.

Ich wusste nicht, was ich sagen sollte.

»Wie kannst du eigentlich jeden Morgen in den Spiegel schauen«, sagte Berthold.

Ich verzog das Gesicht.

Anne sagte: »Du kotzt mich an.«

»Jetzt lass mal die Kirche im Dorf«, erwiderte ich.

»Was?«, rief sie. Eigentlich schrie sie schon fast.

Berthold drehte sich um und ging weg. Anne blieb noch, ohne ihren Blick auch nur einen Millimeter abzuwenden, sie durchbohrte mich geradezu, es war unerträglich. Ich hatte keine Ahnung, was ich tun sollte, stand nur da, ich glaube, ich schwitzte. Endlich machte sie kehrt und ging mit schnellen Schritten Berthold hinterher.

Ich blickte zu Maren.

»Verdammt«, sagte ich.

Maren zog die Augenbrauen hoch und musterte mich misstrauisch.

»Das war meine Frau«, versuchte ich zu erklären. »Sie kennt Berthold, hat mir deine Geschichte erzählt, also dass du verschwunden bist. Ich hab eine Reportage über dich geschrieben, vor zwei Wochen ist sie erschienen, ein Leser hat dich erkannt, ich bin hier. Meine Frau wusste nicht, dass ich dich gefunden hab, ich hab ihr was anderes erzählt. Eigentlich geht's mir jetzt genau wie dir.«

Maren ging ohne ein Wort zu sagen davon.

Ich stand da wie ein Idiot, überlegte, was ich jetzt tun sollte, und machte mich auf die Suche nach Anne.

In der Bar fand ich sie, zusammen mit Berthold, sie tranken Kaffee. Ich fragte, ob ich mich zu ihnen setzen könne, bekam aber keine Antwort. Eine ätzende Situation, die ganze Zeit sagte niemand was, dazu die Palmenkulisse und Sonne. Nach zehn Minuten stand Berthold auf und verabschiedete sich von Anne.

Ich schlug ihr vor, einen Spaziergang am Meer zu machen.

Weil ich vorher die verschwitzten Tennissachen ausziehen wollte, mussten wir erst zu meinem Bungalow.

Anne wartete draußen.

Dann gingen wir am Strand entlang.

Das Meer seltsam ölig, ruhig, plätschernd, kein Vergleich zu den letzten Tagen, ein Augsburger Puppenkistenmeer.

Kurz überlegte ich, Anne zu erzählen, ich hätte niemanden enttäuschen wollen und deshalb so geheimnisvoll getan, aber dann schien es mir idiotisch, weiter zu lügen.

Ich sagte, es tue mir leid.

Anne schwieg.

Ich wusste nicht, wie ich mich erklären sollte, es war mir ja selbst nicht klar, wie es so weit kommen konnte.

Es habe nichts mit meiner Liebe zu ihr zu tun, sagte ich, es habe eigentlich überhaupt nichts mit ihr zu tun, es sei eine Sache zwischen mir und Maren, das müsse sie mir glauben, das sei die Wahrheit, meine Lügen sozusagen Notlügen, was sie nicht besser mache, aber entschuldbarer, sie dürfe es einfach nicht auf sich beziehen, auch wenn das schwer sei, wie ich mir natürlich vorstellen könne.

Ich redete und redete.

Neben mir schwappte das ölige Meer.

Anne war von mir bis ins Mark enttäuscht. Niemals hätte sie mir das zugetraut, sagte sie. Falsche Spuren zu legen, sie anzulügen, das könne doch einfach nicht wahr sein. Ob ich verrückt geworden sei?

Jetzt war ich es, der schwieg.

Wir gingen immer weiter. Als der Erste mit seinem scheiß Pferd ankam, schrie ich ihn an, er solle uns in Ruhe lassen.

Irgendwann fragte ich beiläufig, wie sie mich eigentlich gefunden habe.

Der Redakteur, sagte sie.

Im Club verabschiedeten wir uns. Anne sagte, sie wolle jetzt in ihr Zimmer. Berthold und sie hatten je ein Doppel- als Einzelzimmer für eine Nacht gebucht, was eigentlich gar nicht möglich war, aber als die beiden am Morgen vor der Rezeption standen und sagten, sie bräuchten unbedingt zwei Zimmer, machte man eine Ausnahme, vielleicht weil genügend frei war oder weil man es gegen Ende der Saison nicht mehr so genau nahm.

Wir verabredeten gerade den Treffpunkt für das Abendessen, als Francesca auf mich zukam und sagte, sie habe mich schon überall gesucht, sie müsse mit mir reden.

Anne drehte sich um und ging.

Francesca schaute ihr überrascht hinterher. Ich war wütend, weil sie ausgerechnet in diesem Augenblick gekommen war, wieso ausgerechnet in diesem Augenblick und nicht ein oder zwei Minuten später, wenn Anne weg gewesen wäre, wieso überhaupt, was wollte sie von mir, es kotzte mich einfach an, dieser scheiß Zufall.

Ich hätte jetzt keine Zeit, sagte ich ziemlich laut und ließ sie stehen.

Das Abendessen war eigentlich hervorragend, auch wegen des letzten Abends im Club. Am nächsten Tag reisten viele ab, deshalb wurde etwas Besonderes geboten: Kraftbrühe, Langustinos, Pasta mit Trüffeln, Filet Mignon, Crème Caramel.

Wir ließen die Hälfte zurückgehen.

Sabine und Rudolf waren vor den Kopf gestoßen, weil sich weder Maren noch ich an unsere Verabredung gehalten hatten. Ihnen den Grund zu erklären, kam nicht in Frage, ich ging nur kurz an ihren Tisch, an dem sie allein saßen, weil sie Plätze für uns freigehalten hatten, und entschuldigte mich.

Von Maren und Berthold sowieso den ganzen Abend keine Spur.

Kurz nach neun sagte Anne, sie gehe jetzt, wir sähen uns ja dann in Berlin.

Als ich in meinem Zimmer auf dem Bett lag und an die Decke starrte, fühlte ich mich ziemlich unwohl bei dem Gedanken, dass Anne zur gleichen Zeit irgendwo hier lieber allein schlief.

Barcelona, 24. November

Mein Blick vom Hotelzimmer zur Sagrada Familia. Ich konnte wenig damit anfangen, Gaudi war nicht mein Fall. Die Tropfsteinfassade erinnerte mich an Sandburgen am Meer, wenn man nassen Sand aus der Faust nach unten tröpfeln ließ, überhaupt ging mir dieses Verschnörkelte auf die Nerven.

Im Aufzug nach unten erschrak ich, als ich mich im Spiegel sah. Das künstliche Licht war irgendwie merkwürdig, jedes graue Härchen auf meinem Kopf hob sich überdeutlich ab, als wäre ich komplett ergraut. Vorher im Bad hatte ich nichts Ungewöhnliches feststellen können, ich sah aus, wie ich eben aussah, dafür schien ich jetzt plötzlich achtzig Jahre alt.

Auf dem Weg zum Frühstücksraum noch mal ein Spiegel, in dem ich wieder wirkte wie üblich.

Es gab eine große Nespresso-Maschine, man konnte sich an Pads bedienen, wie man wollte, dazu Brötchen, Marmelade.

In der Nacht hatte ich kaum geschlafen.

Später stieg ich die Treppen zur Metro hinab, um zu diesem Park zu fahren, Parc de Montjuïc, wo ein Pavillon von Mies van der Rohe stand, den ich mir anschauen wollte. Die Metro begeisterte mich, alle drei Minuten kam ein Zug, dazwischen zählte ein Countdown herunter, wie lange es noch dauerte, bis er eintraf, was dann auf die Sekunde genau passierte. Überhaupt schien die Stadt von der spanischen Krise wenig betroffen. Man hatte den Eindruck, hier lief alles bestens.

Meine Fremdheit gefiel mir. Ich war vollkommen anonym.

Ich hatte einfach nicht sofort nach Berlin zurückfliegen können.

Die Züge hell und nicht unterteilt, in Kurven sah man, wie der Zug sich krümmte. Mir gefiel es, auch als Aspekt der Sicherheit vor Überfällen oder Belästigungen. In Berlin fuhr ich so gut wie nie mit der U-Bahn, hier dagegen störte es mich überhaupt nicht, im Gegenteil.

Am Place Espanya stieg ich aus und ging Richtung Kunstmuseum.

Die Gebäude entlang der breiten Straße schienen ziemlich durcheinandergewürfelt. Sozialistische Glasfassade, dunkel getönt mit glänzendem Rahmen, neben spätem neunzehntem Jahrhundert, dann ein futuristischer Neubau. Auf dem Mittelstreifen ein paar mächtige griechische Säulen, alles gesäumt von einer riesigen Anlage sprudelnder Fontänen, die in einem Megabrunnen mündeten, Font Magica, am Fuß der kleinen Anhöhe, auf der das Museum errichtet war.

Ich setzte mich auf ein Mäuerchen und hörte dem Plätschern zu.

Bei meiner Ankunft am Vorabend hatte ich mich sofort wohlgefühlt. Die Atmosphäre in dieser Stadt war irgendwie heiter, entspannt, trotz Großstadttrubel.

Auf Djerba hatte ich Anne nicht mehr gesehen. Sie wusste, dass ich am selben Tag zurückflog, wenn auch über Tunis, wie ich ihr erzählt hatte. Eigentlich hatte ich einen Direktflug, genau wie sie, aber ich wollte ihr einfach aus dem Weg gehen und nicht Gefahr laufen, womöglich in derselben Maschine zu sitzen. Vielleicht versuchte ich auch einfach nur, alles so lange wie möglich hinauszuzögern.

Mit Berthold hatte es ebenfalls keinen Kontakt mehr gegeben, was mir aber egal war. Von Maren dagegen wollte ich mich noch verabschieden, doch als ich schon zu den Tennisplätzen unterwegs war, drehte ich auf halber Strecke wieder um. Vielleicht weil ich Angst hatte, dass sie mich keines Blickes würdigen könnte, ich weiß es nicht, aber mein Gefühl sagte mir, es sei besser, alles zu lassen, wie es war.

Im Flughafen von Tunis schaute ich in der Abflughalle auf die Anzeigetafel, wann die nächste Maschine nach Berlin ging. Ich fühlte mich wieder besser als noch im Club, wo ich es kaum hatte erwarten können, endlich abzureisen. Ehrlich gesagt zog es mich nicht nach Berlin, insgeheim hoffte ich, es gäbe gar keine Maschine mehr.

Ich ging die Flugziele durch.

Five easy pieces, Nicholson und die Tankstellenszene.

Es klingt gewollt, was ich dachte, das gebe ich zu, aber es ist die Wahrheit.

In zwei Stunden ging die nächste Maschine nach Berlin.

Ich buchte nach Barcelona.

Das Gurgeln des Wassers im Brunnen.

Dann der Pavillon, enttäuschend, nicht wegen des Gebäudes, die klaren Formen und Strukturen gefielen mir, sondern wegen der Lage. Er schien in ein Eck hineingebaut zu sein, weil dort noch Platz war, eine Art Lückenfüller, was merkwürdig wirkte. Eine Anhöhe hatte ich mir vorgestellt, jedenfalls freie Fläche auf allen Seiten, und nichts derart Hineingequetschtes.

Ich spazierte durch den hügeligen Park.

Mir ging durch den Kopf, was Berthold wohl Sandra erzählen würde. Dass er ihre Mutter gesehen habe, sie sei jetzt Tennislehrerin in Afrika, wolle aber nichts mehr von ihrer Tochter wissen?

Vielleicht kam Maren auch bald auf Besuch nach Berlin, womöglich sogar für immer, ich hatte keine Ahnung.

Der Park weitläufig, mit verschlungenen Wegen, oft als Serpentinen. Mittelmeervegetation, viele Zypressen und Kiefern. Was mich überraschte, waren leuchtend grüne, wild lebende Papageien, die man ständig herumflattern sah.

Ich schlenderte ohne Ziel. Klar dachte ich dauernd daran, was Anne gestern Nacht am Telefon gesagt hatte.

Am Rand des Parks Wohnviertel, ich ging irgendeine Straße entlang, immer geradeaus. In einer Bäckerei, die gleichzeitig auch Café war, aß ich Baguette mit Käse und Schinken. Schilder warnten vor Taschendieben, doch ich fühlte mich eigentlich sicher.

Dann der Hafen mit Seilbahn und Fußgängerklappbrücke, die zu einem Einkaufszentrum führte, das auf einer Art Insel lag. Wollten Segelyachten zu ihrem Liegeplatz, ging an einer Ampel ein Lichtzeichen an, kurz darauf ertönte ein Warnhorn, zwei Bedienstete versperrten den strömenden Massen den Weg, die Brücke klappte auseinander, das Schiff fuhr durch, die Brücke klappte zusammen, die Massen strömten wieder; das Ganze wiederholte sich in regelmäßigen Abständen. Viele Möwen. Blick auf das World Trade Center à la Barcelona, protzig, massiv, eine Art Bunker, daneben Ozeandampfer. Hinter mir eine Riesensäule mit der Statue von Kolumbus.

Als ich gestern vom Flughafen mit dem Zug ins Zentrum gefahren war und im Hotel eingecheckt hatte, ging ich Tapas essen. Lucia von der Rezeption empfahl mir das Viertel El Gòtic, da sei sie selbst auch oft, wenn sie mit Freunden unterwegs sei. Gegen Mitternacht stand ich in irgendeiner Bar am Tresen und trank Estrella, ich hatte schon ein paar Glas intus.

Natürlich war es nur eine Frage der Zeit, bis mein Handy klingelte.

Auf dem Display stand: Anne. Ich überlegte, es klingelte weiter, ich überlegte immer noch, mein Tresennachbar schaute mich schon komisch an, dann nahm ich ab und ging nach draußen, weil ich in der lärmigen Bar unmöglich telefonieren konnte.

Erst war alles noch ganz sachlich. Sie fragte, wo ich bleibe.

Ich sagte, ich sei in Barcelona.

Fassungsloses Schweigen.

»Es ist nur für eine Nacht«, sagte ich, »morgen Abend komme ich nach Berlin.«

Sie schwieg weiter.

»Ich brauchte noch einen Tag«, sagte ich.

Sie fing an zu weinen.

»Weinst du?«, fragte ich.

Schluchzen am Telefon macht hilflos, hatte ich mal irgendwo gelesen, mir ging es nicht anders.

»Es ist überhaupt nichts«, versicherte ich, »bloß ein Tag Verzögerung, ich hatte Lust auf Barcelona, der Flug war billig. Übrigens bin ich allein unterwegs, falls du etwas anderes vermutest.«

»Ich bin schwanger«, sagte Anne.

Es schnürte mir sofort die Luft ab.

Ich setzte mich auf einen Mülleimer.

»Was?«

»Ich wollte es dir sagen, bevor du nach Tunis geflogen bist, aber dann ergab es sich nicht. Ich dachte, ich sag es dir einfach, wenn du wieder zurück bist.«

»Morgen komme ich«, sagte ich.

»Du kannst kommen, wann du willst«, sagte Anne, »meinetwegen auch überhaupt nicht mehr.«

»Sei nicht kindisch«, sagte ich.

Sie legte auf.

Mein Kopf dröhnte.

Eine halbe Ewigkeit saß ich auf dem Mülleimer. Irgendwann kam der Kellner und schaute nach mir, meine Rechnung war noch offen. Ich bestellte ein großes Estrella und fragte, ob er mir das auch nach draußen bringen würde. Er lächelte und nickte.

Ich trank.

Kurz überlegte ich, ob das Kind überhaupt von mir sein konnte.

Unweit vom Hotel die Plaça de les Glòries Catalanes. Ich sah vor allem Straße, ein riesiger Kreisel, Beton und Autos, mittendrin Brachland, daneben dieser riesige Turm, der aussah wie ein Phallus, da gab es keinen Zweifel, mondän, riesig. Die glitzernde Fassade veränderte ihre Farben je nach Lichteinfall, was ich eine nette Idee fand, ansonsten aber ein Phallus, errichtet am Platz des katalanischen Ruhms, Zufall konnte das nicht sein. Überhaupt sah man viele Fahnen aus den Fenstern hängen, was nichts mit einem Feiertag zu tun hatte. Katalanische Fahnen, keine spanischen. Die Straßenschilder alle zweisprachig. Man fühlte sich hier nicht als Spanier, sondern als Katalane, das war mir bekannt, ich hatte nur nicht damit gerechnet, dass es so massiv zu sehen wäre.

Was mir auffiel, war die Freundlichkeit der Leute, nicht nur im Hotel, auch an einem kleinen Gemüsestand, wo ich ein paar Äpfel kaufte.

Ich verabschiedete mich von Lucia und machte mich auf den Weg zum Flughafen.

Berlin, 20. Dezember

Französisch und dann noch Drama, kein Wunder, dass der Film nervte, ich hätte es mir vorher denken können. Story um einen Jungen, der einen Hirntumor hatte, zigmal operiert werden musste, es ging auf und ab, die verzweifelten Eltern, Nachtwachen im Krankenhaus usw. Zuletzt schien alles hoffnungsvoll, der Kampf gewonnen, wozu sicher auch beitrug, dass sich die Eltern den besten Chirurgen leisten konnten, eine absolute Koryphäe in seinem Bereich. Die Geschichte wahr, Regie führte ein Ehepaar, das sein eigenes Schicksal verwurstete und davon ausging, es sei für die ganze Welt von Interesse.

Zum Schluss Bilder des frisch operierten Jungen, dazu Laurie Andersons *O Superman*.

Ich war froh, als ich aus dem Kino kam.

Es schneite immer noch.

In der Nacht hatte es angefangen, jetzt war alles weiß, die Temperaturen frostig, ich schätzte minus fünf Grad. Der Himmel eine undurchdringliche graue Schicht, die Schneeflocken vom Wind verwirbelt, man musste auf den Boden schauen, um nicht alles ins Gesicht zu bekommen.

Ich wollte für Anne ein Weihnachtsgeschenk besorgen und ging den Ku'damm hinunter. An einer Straßenkreuzung spielte ein Blechbläserquartett *O du Fröhliche*.

Im KaDeWe suchte ich in der Damenabteilung eine Strickmütze mit Bommel.

Nach meiner Rückkehr aus Barcelona hatten wir beschlossen, uns vorübergehend zu trennen. Ich wohnte bei Georg, der seit seiner Scheidung ein Zimmer übrig hatte und mich sofort bei sich aufnahm. Anne brauchte einfach eine Auszeit, was ich verstehen konnte. Wir hatten verabredet, Heiligabend gemeinsam zu verbringen und dann weiterzusehen. Natürlich konnte ich nicht ewig bei Georg bleiben, ganz abgesehen davon bauten wir ja nach wie vor an einem Haus, was alles nur noch komplizierter machte. Wir wollten keine übereilten Schlüsse ziehen und ließen erst mal alles beim Alten. Vielleicht war es ganz gut, dass wir uns aus diesem Grund regelmäßig am Telefon besprechen mussten.

Klar hatte Anne mich nach Francesca gefragt, wer das gewesen sei und was sie mit mir zu bereden hatte.

Eine zufällig Bekanntschaft, sagte ich, sie habe als Krankenschwester im Club gearbeitet, ich hätte vom Tennisspielen eine Blase gehabt und nach einem Pflaster gefragt, dabei seien wir ins Gespräch gekommen.

Und sie habe dann nur wissen wollen, ob ich noch ein Pflaster brauche, als sie mit mir habe reden wollen?

Ich sagte, sie solle nicht albern sein.

Ob da etwas gewesen sei, zwischen mir und dieser Krankenschwester?

Auf was für Ideen sie eigentlich komme, fragte ich entrüstet. Nur weil ich gesagt hätte, ich fliege nach Tunis und nicht nach Djerba, was ein Fehler gewesen sei, das gebe ich ja zu, dafür hätte ich mich schließlich entschuldigt, aber nur deshalb finge ich doch nicht an, mit irgendwelchen Krankenschwestern ins Bett zu gehen.

Hätte ich ihr in diesem Augenblick die Wahrheit gesagt, wäre es endgültig aus gewesen, das wusste ich. Natürlich konnte sie sich denken, dass da mehr war als nur ein Pflaster. Ich redete von einem Kaffee, von gegenseitiger Sympathie, was ja wohl nicht verboten sei, eine Unterhaltung, mehr nicht. Einmal ein Spaziergang, Francesca habe von Problemen in Italien erzählt. Sie sei, obwohl erst Anfang zwanzig, schon verheiratet, es gebe Differenzen mit dem Ehemann, Antonio, er rufe sie nachts um drei an, betrunken, jedenfalls habe sie in dieser Sache mit mir reden wollen, sie habe wenig Kontakte im Club, sei wohl auch etwas unglücklich dort.

Die Mütze gefiel mir auf Anhieb. Meine Laune war mit einem Schlag besser, als ich mich in die lange Schlange vor dem Tisch einreihte, wo jemand im Akkord alle möglichen Gegenstände in Geschenkpapier einwickelte und ein Schleifchen drumrum machte.

»Slow down! Slow down!«, schreie ich gegen den Fahrtwind und das laute Motorgeräusch zu Shelly, die mich auslacht und noch ein bisschen mehr aufdreht. Das Schlauchboot hat einen Mittelsteuerstand, dahinter die Sitzbank, wir sitzen wie auf einem Motorrad. Shelly vorne am Steuer, die Hand auf dem Gashebel, ich hinter ihr. Der Aufprall, wenn wir über eine Welle hinwegschießen und in die nächste krachen, ist unheimlich hart, das Boot bekommt ganz schöne Schläge ab. Ich umklammere Shelly's Hüfte, um mich festzuhalten. Es wäre mir lieber, sie würde langsamer fahren, ich meine, wir müssen ja nicht wie die Irren übers Meer rasen, aber in ihrem jugendlichen Leichtsinn denkt sie an keine Gefahren, sie findet die Geschwindigkeit einfach klasse, also lasse ich sie eben machen, es wird schon gut gehen.

Die Fahrt zu unserem Tauchplatz dauert etwa dreißig Minuten. Gegen fünf werden wir ankommen, um halb sechs geht die Sonne unter. Bevor es dunkel ist, müssen wir wieder zurück sein. Ein Tauchgang in der Dämmerung, zum Abschied. Daran werde ich bestimmt denken, wenn ich in Berlin bei minus zehn Grad dick eingepackt durch die Gegend laufe und mir dieser eisige Ostwind ins Gesicht weht.

Shelly macht die Vorleine des Schlauchboots an einem Felsen fest. Es geht hier ziemlich senkrecht in die Tiefe, entlang einer Wand, bis zu einem breiten Absatz auf vierzig Metern, danach fällt alles ins Bodenlose ab. Die Stelle ist nicht ungefährlich, wir müssen aufpassen, wollen aber sowieso nicht bis zu dem Absatz tauchen, sondern es bei zehn, zwölf Metern belassen, um sicherzugehen. Ein bisschen das Gefühl von Tiefe möchten wir aber schon spüren, ich meine, sonst hätten wir ja auch schnorcheln können.

Wir sitzen auf dem Schlauchkörper, überprüfen noch mal unsere Ausrüstung und lassen uns rücklings ins Wasser fallen. Mit einer Hand halten wir die Maske fest, damit sie nicht verrutscht. Luftblasengestrudel um uns, ein einziges Strömen und Blubbern, bis sich alles wieder beruhigt hat. Wir tarieren uns aus und sinken langsam ab. Die Stille nimmt mich sofort gefangen, wie jedes Mal. Abgesehen vom Geräusch des Lungenautomaten ist es vollkommen still hier unten, als lebte man in einer anderen Welt. Die Fische ziehen gleichmäßig und völlig unaufgeregt ihre Bahnen. Ich finde es wunderbar. In mir ist sofort wieder dieses Gefühl der Geborgenheit, das mich seit meinem ersten Tauchgang, als ich in dem Club in Mexiko den Anfängerkurs machte, nicht mehr losließ. Ich liebe das Tauchen, freue mich schon sehr auf Bora Bora, wo ich es noch viel öfter machen werde, vielleicht sogar eine Ausbildung zur Tauchlehrerin, wenn das möglich ist, dann könnte ich neben dem Tennis auch in der Tauchschule mitarbeiten.

Es überrascht mich immer wieder, wie schnell die Farben ins Bläuliche übergehen. Je tiefer wir sinken, desto mehr verschwimmt alles.

Natürlich denke ich an Berthold und Sandra. Morgen fliege ich nach Berlin, aber ich habe Irene mehrmals und dringend gebeten, den beiden nichts davon zu erzählen. Sie hat es mir versprochen, doch ich werde das Gefühl nicht los, dass sie vielleicht eine Überraschung plant. Wir sitzen in einem Café, und plötzlich biegen Berthold und Sandra um die Ecke. Ich hoffe sehr, dass es nicht dazu kommt, dass mich Irene nicht angeflunkert hat, es wäre mir unerträglich. Ich meine, es wäre mir nicht unerträglich, Berthold oder Sandra zu treffen, aber nicht als Überraschung, der ich nicht ausweichen kann.

Der Pass lag seit Jahren in der Schublade. Ich hatte ihn schon fast vergessen, ich dachte wirklich nicht ständig daran, aber gegen Mitternacht erinnerte ich mich und steckte ihn ein, zusammen mit dem Geld, ohne Absicht oder Plan, einfach so. Als ob in diesem Moment mein Unbewusstes für einige Stunden die Kontrolle übernahm. Doch ich fühlte mich wach, kontrollierte meine Handlungen, nahm meine Umgebung war. Ich zog eine alte Jeansjacke an, die ich seit Ewigkeiten nicht mehr getragen hatte, machte Türen auf und ging Treppen hinunter, aus dem Haus, auf den Gehweg, zur Tankstelle, an der Tankstelle vorbei. Wenig Menschen waren unterwegs, die Luft war kalt, ich fröstelte, es nieselte glaube ich etwas, ich weiß es nicht mehr. Ich ging ziellos, nicht sonderlich schnell, ich hastete nicht, es war aber auch kein Schlendern, ich ging einfach in meinem normalen Tempo, wie sonst auch.

Je länger ich unterwegs war, desto mehr gewöhnte ich mich an das, was ich tat. In einer Bar am Lützowplatz spielte eine Jazzband, der Laden war voll, ich quetschte mich an den Tresen und trank ein Bier, später einen Cocktail. Irgendwann stand ich an der Siegessäule und schaute diese schnurgerade Linie der Straßenlaternen zum Brandenburger Tor entlang. Wenn ich an Berlin etwas mochte, dann waren es diese großen, freien Flächen. Ich hatte damit gerechnet, im Hauptbahnhof keinen Menschen zu sehen, aber ein paar waren da und gingen zu Gleis 13. Der ICE nach Bern fuhr um 03:44 Uhr. Im fast leeren Großraumwagen schaute ich aus dem Fenster in die vorbeirasende Nacht und wusste nicht, ob ich verrückt geworden war.

Wie lange es dauerte, bis ich das Gefühl bekam, wieder ganz bei mir zu sein, ist mir nicht mehr in Erinnerung. Vielleicht eine Stunde, vielleicht eine halbe, ich weiß es nicht, doch zu irgendeinem Zeitpunkt fühlte es sich so an, als wachte ich auf. Mein erster Gedanke war, sofort umzudrehen. Beim nächsten Halt wollte ich aussteigen, zurück nach Berlin fahren, ein Taxi zu unserer Wohnung nehmen, in der Hoffnung, dass Berthold und Sandra noch schliefen. Auf dem Sitz neben mir lag ein Fahrplan. In einer halben Stunde, kurz nach fünf, wären wir in Magdeburg. Wann von dort der nächste Zug zurückging, wusste ich nicht, da es aber mindestens eineinhalb Stunden reine Fahrtzeit waren, stand fest, dass ich mich so oder so nicht mehr der Illusion hinzugeben brauchte, niemand bekäme etwas mit. Berthold wachte spätestens um sieben Uhr auf, egal ob Wochenende war oder nicht. Sofort würde er nach oben ins Büro gehen, um nach mir zu schauen, denn wo sollte ich sonst sein, wenn ich nicht neben ihm lag. Käme ich also gegen acht zur Tür herein, könnte ich mich nicht damit herausreden, die Nacht durchgearbeitet zu haben. Aber was sollte ich dann sagen? Die Wahrheit? Ich hätte mitten in der Nacht das Haus verlassen, mich in einem Jazzclub wiedergefunden, dort etwas getrunken, sei anschließend zum Hauptbahnhof gegangen und in einen ICE nach Bern eingestiegen? Berthold hätte doch sofort darauf gedrängt, dass ich mich von einem Psychiater untersuchen ließe. In mir sei etwas in Unordnung geraten, ganz sicher heilbar, therapierbar, aber das müsse dringend in Angriff genommen werden. Mein Verhalten sei ein Alarmzeichen, da habe er auch als Laie keinen Zweifel. Er würde mich begleiten, ich brauche keine Angst zu haben, wir würden das gemeinsam durchstehen.

Hinter Magdeburg überlegte ich anzurufen und bemerkte, dass ich mein Handy im Büro liegen gelassen hatte.

Je länger die Fahrt dauerte, je weiter ich mich entfernte, desto schwieriger empfand ich es, ein Lebenszeichen von mir zu geben, weil alles immer absurder, unbegreiflicher wurde. Natürlich hätte es irgendeine Möglichkeit gegeben, vom Zug aus zu telefonieren, notfalls hätte ich eben aussteigen müssen, doch ich konnte mich nicht dazu durchringen. Ich glaube, vor allem deshalb, weil ich mich vor Sandra schämte. Was sollte ich gerade ihr sagen? Wo ich die ganzen Jahre versucht hatte, ihr Leitlinien zu geben, Werte zu vermitteln, wie wichtig etwa Vertrauen und Verlässlichkeit seien. Dies alles fiel in sich zusammen wie ein Kartenhaus, denn das Einzige, was mich nun noch glaubwürdig bleiben lassen würde, wäre geistige Verwirrung. Aber ich wollte nicht, dass mein Kind von mir dachte, ich sei unzurechnungsfähig geworden.

Doch in gleicher Weise, wie die Hürde, zurückzukommen, mit jedem Kilometer, den der Zug durch die Morgendämmerung raste, immer höher wurde, machte sich in mir auch eine Euphorie breit, wie ich sie noch nie gefühlt hatte. Denn es gab niemanden auf der Welt, der in diesem Moment wusste, wo ich mich aufhielt, ja auch nur die geringste Ahnung davon hatte, wo ich sein könnte. Zum ersten Mal war es nur ich, um die es ging. Ich hatte keinen Anhang mehr. Ein egoistisches Gefühl, aber ich genoss es. Ich genoss mich selbst, zu hundert Prozent. Wie lange ich es auskosten würde, davon hatte ich zu diesem Zeitpunkt keine Vorstellung, ich dachte an einen, vielleicht zwei Tage. Um heimlich zurückzukommen, war es sowieso schon zu spät, es gäbe bereits Erklärungsbedarf, massiven Erklärungsbedarf, dem würde ich mich stellen müssen, aber wenn dies unausweichlich war, dann konnte ich es auch noch ein wenig hinauszögern. Ich wollte die Euphorie in mir nicht gleich wieder zerstören, denn in dem Moment, wo ich mich meldete, wäre es vorbei.

Gegen Mittag kamen wir in Bern an. Ich stieg sofort in einen Anschlusszug nach Mailand, ich wollte nicht zum Stillstand kommen.

Um acht Uhr abends Roma Termini.

Zwei Tage in Rom, als sei ich ein anderer Mensch. Ich liebte es, die ganze Zeit nichts reden zu müssen, während ich von morgens bis abends durch die Stadt lief, in einer grünen Regenjacke, die ich mir in einem kleinen Laden kaufte, ich habe sie immer noch. Von der Uni aus hatten wir mal eine Exkursion nach Rom gemacht, ich erinnerte mich nicht mehr an vieles, aber manches kam mir bekannt vor.

Einmal stand ich in einer Espresso-Bar, trank Cappuccino und aß ein Cornetto. Neben der Espressomaschine lag das Handy der Frau, die den Kaffee machte. Ich fragte sie, ob ich nach Deutschland telefonieren dürfe, ich würde es selbstverständlich auch bezahlen. Es war ein spontaner Entschluss, ich dachte nicht darüber nach, wählte, es klingelte, doch dann legte ich wieder auf, bevor jemand abhob. Sofort danach verließ ich die Bar, als bereute ich den Anruf bereits.

Dass ich nach Palermo kam, war Zufall. Ich war in Rom zum Bahnhof gegangen, weil ich weiterwollte, und hatte einfach den nächsten Zug genommen. Von der Fährverbindung nach Tunis wusste ich nichts, ich dachte keine Sekunde an Tunesien, wieso auch, bis ich die *Florencia* im Hafen liegen sah.

Es fühlte sich gut an, das Mittelmeer zu überqueren. Ich stand an der Reling und genoss die Sonne. Das tiefblaue Meer war voller Schaumkronen. Der Wind kühlte aus, aber ich konnte mich lange nicht losreißen und ins Innere des Schiffes gehen, wo sich alle anderen Passagiere aufhielten.

Die Médina von Tunis, diese engen Gassen, ich lief kreuz und quer, verlorener als in Rom, aber es war eine schöne Verlorenheit. Ich fühlte mich sicherer, weil alles viel fremder wirkte. An einem Stand mit Früchten kam ich mit einer deutschen Familie ins Gespräch. Sie erzählten, sie seien zwei Tage in Tunis, um sich die Stadt anzuschauen, vor allem natürlich die Médina, und würden dann weiter zu ihrem eigentlichen Urlaubsort fahren, einer Hotelanlage, großartig, jedenfalls habe sie auf den Fotos im Prospekt so ausgesehen, etwas weiter südlich, mit Sportmöglichkeiten.

Berthold hat mich auf Djerba gebeten, zurückzukommen, wollte mir alle Türen offen halten, einen neuen Anfang mit mir machen, auch wegen Sandra. Trotzdem er es mir nicht so leicht verzeihen könne, sagte er sehr deutlich, vor allem, dass ich nichts hinterlassen hätte, keinen Zettel, keinen Brief, keine Mail. Es wäre um so vieles leichter gewesen. Immer noch schlimm genug, aber leichter, zu wissen, es sei kein Verbrechen passiert, ich sei abgehauen, freiwillig, weil ich Lust auf Tennis hätte und keine Garagen mehr bauen wolle, so in der Art. Aber ihn und Sandra im Ungewissen zu lassen, könne er mir nicht einfach so vergeben. Dennoch würde er sich freuen, wenn ich mit ihm zurückkäme, und Sandra übrigens auch, er habe mit ihr vor seiner Abreise darüber gesprochen.

Ich glaube, ich habe ihm sehr wehgetan, als ich sagte, ich käme nicht mehr zurück. Es hat mir selbst wehgetan, aber ich konnte nicht anders. Mein neues Leben, wenn man so will, aufzugeben, um zu versuchen, in das alte zurückzufinden, aus dem ich geflohen war, schien mir vollkommen sinnlos. Zumal ich hier glücklich bin. Wirklich glücklich.

Berthold verstand es nicht. Er verstehe vielleicht, sagte er, dass ich ihn verlasse, das ja, einverstanden, es sei ja nun nicht außergewöhnlich, dass eine Ehe auseinandergehe, aber es sei ihm unbegreiflich, wieso ich mit meiner Tochter nichts mehr zu tun haben wolle. Was habe sie mir eigentlich getan? Wo Kinder immer der Streitpunkt seien, wo keiner auch nur einen Zentimeter Boden aufgeben wolle und jeder um das Recht, die Kinder zu behalten, bis aufs Messer kämpfe. Es sei ihm einfach unerklärlich, was in meinem Kopf vorgehe.

Wenn es etwas gibt, was mich hier manchmal bedrückt, dann ist es Sandra. Berthold, das Büro, Freunde, der Tennisclub, das beschäftigt mich nicht, und je länger es zurückliegt, desto mehr verblasst alles. Wirklich, mit diesen Dingen bin ich absolut im Reinen, aber mit Sandra verhält es sich anders. Sie fehlt mir – auch wenn sich das aus meinem Mund merkwürdig anhört, schließlich habe ich sie, wenn man so will, aus freien Stücken zurückgelassen. Sie hat mich nicht aufgefordert, nach Bern zu fahren. Es war meine Entscheidung, wie alles, was seitdem passierte, meine Entscheidung war, zu der mich niemals jemand drängte oder zwang. Trotzdem fehlt sie mir.

Von Irene weiß ich, dass Berthold eine neue Beziehung eingegangen ist. Eine Arbeitskollegin, Bettina, die vor einem halben Jahr bei ihm einzog. Für Sandra sei sie so was wie eine gute Freundin, sagte Irene, sie blühe regelrecht auf, nachdem es ihr nach meinem Verschwinden furchtbar schlecht gegangen sei. Eigentlich sei die Beziehung für alle drei ein Glücksfall.

Ich freue mich für Sandra. Ich freue mich sogar sehr, denn mir ist völlig klar, was ich ihr angetan habe. Etwas Schlimmeres, als von der Mutter verlassen zu werden, noch dazu wortlos, gibt es für ein Kind nicht, glaube ich. Wenn sich die Dinge für sie nun allmählich zu wenden beginnen, dann macht mich das sehr froh. Und mein Gefühl sagt mir, es ist besser, wenn ich nicht daran rühre. Womöglich würde alles wieder aufgewühlt, und das möchte ich Sandra auf keinen Fall antun. Obwohl ich sie gerne wiedersehen wollte, mit ihr reden und zumindest versuchen, mich zu erklären, auch wenn ich es nicht kann, darüber mache ich mir keine Illusionen. Aber es wäre nicht fair, von ihr die Absolution zu fordern für das, was ich getan hatte. Damit muss ich allein zurechtkommen. Deshalb werde ich mich auch nicht mit Berthold treffen, trotzdem ich glaube, dass er über mich hinweg ist und ich keine Befürchtungen haben muss, alte Wunden wieder aufzureißen.

Vielleicht sollte ich auf die Reise verzichten. Eine Schnapsidee, geboren aus einer Laune heraus. Vielleicht sollte ich den Flug einfach stornieren und Irene eine Mail schicken. Andererseits ist sie die Einzige, die von den früheren Freunden übrig geblieben ist, und schon deshalb will ich sie nicht auch noch vor den Kopf stoßen. Davon abgesehen spüre ich nach wie vor meine Neugierde auf Berlin, es ist ja nur für zehn Tage. Wahrscheinlich werde ich, wenn ich wieder hier bin, dieses Leben noch viel mehr schätzen, nicht nur wegen der Temperaturen.

Der Schmerz an meinem Bein ist grell wie ein Blitz. Plötzlich, wie aus dem Nichts. Ich fragte Shelly per Handzeichen, ob bei ihr alles o.k. sei, in der nächsten Sekunde dieser Schmerz und das rasende Zappeln, als wollte mir etwas das Bein abreißen. Ich schreie in meinen Lungenautomaten. Haie fressen keine Menschen, sie erkennen den Irrtum beim ersten Biss und lassen ab. Der hier lässt nicht ab, vielleicht wegen des Bluts, das mich schon umhüllt, wie eine schwarze Wolke. Es geht rasend schnell. Mit dem anderen Bein trete ich hektisch nach ihm, ohne auch nur das Geringste zu bewirken. Ich darf nicht panisch werden, man lernt es in der ersten Stunde, wer panisch wird, ist verloren. Shelly, wo ist sie, mein Messer, ich muss das Messer ziehen, aber es ist an dem Bein mit dem Schmerz, ich kann es nicht greifen. Das Zappeln, schnell jetzt, ich trete, versuche ihm mit den Fingern in die Augen zu stechen, aber ich treffe nicht. Trauben von Luftblasen um mich inmitten der schwarzen Wolke, die so groß wird, so verdammt groß. Ich trete wie irre. Die Gewalt ist so brutal, man kann es sich nicht vorstellen, sie lässt nicht nach, das ist unfassbar. Ich muss mein Leben retten, ich muss einfach. Ich will nicht sterben. Schmerz spüre ich schon nicht mehr, es ging so schnell, so verdammt schnell, meine Kräfte lassen nach, ich kann kaum mehr treten, kann mich kaum mehr wehren, ich verstehe nicht, warum. Ich habe ihn nicht gesehen, ich habe ihn einfach nicht gesehen. Shelly. Eine grüne Wiese, es geht über einen Bach, es ist die Abkürzung, die ich manchmal zur Schule nehme, ich liebe diesen Weg, er ist so geheimnisvoll. Isozaki schaut ernst drein, aber so ist er, ich kenne ihn nicht anders. Alles um mich herum ist voller bunter Schriftzeichen, die ich nicht lesen kann, es ist Nacht in Tokio, aber die Stadt ist hell erleuchtet, überall blinkt und strahlt grelle Reklame. In dem Imbiss sitze ich an der Bar wie jeden Mittag, es ist völlig überfüllt und hektisch, jeder ist in Eile und will so schnell wie möglich wieder an die Arbeit. Die Ameisenstadt wuselt nonstop, niemals Ruhe. Der Ball ist aus, das ist die Wahrheit, er ist aus, ich markiere extra den Abdruck, mache einen Kreis mit meinem Schläger drumrum, meine Gegnerin darf niemals den Punkt zugesprochen bekommen, es ist ein Bundesligaspiel, ich will nicht verlieren. Es ist sehr heiß unter dem Dach, sehr sehr heiß, ich wische mir mit dem Handrücken über die Stirn und rauche. Vor einem Jahr habe ich wieder angefangen, Marlboro rot-weiß. Unten in der Wohnung rauche ich nicht, aber oben im Büro. Ich rauche eine nach der anderen und schwitze, der Schweiß läuft mir herunter, es ist so heiß, so verdammt heiß. Durchs Dachfenster säuselt Luft, aber sie ist nicht frisch, fühlt sich abgestanden an. Das Kind kommt angefahren, zum ersten Mal ohne Stützräder, ich habe Angst, sie könnte jeden Augenblick stürzen, aber sie stürzt nicht, trotz der Schlangenlinien. Berthold lobt sie überschwänglich. Der Geruch von Berthold, er liegt neben mir, ich hoffe, er will nur schlafen, sonst nichts. Auf der Terrasse des Tennisclubs sagt Alexander, er will eine Garage an seine Doppelhaushälfte anbauen. Ich überprüfe mit dem Meterstab, Alexander ist auch da, sagt etwas, ich schaue auf, er drückt auf den Auslöser, hinterher zeigt er mir das Bild auf dem Display. Professor Breg überreicht mir Diplom und Preis. Es wird geklatscht, ich unterhalte mich mit ihm. Er will mich in seinem Büro anstellen, ich fühle mich geehrt, aber ich muss zuerst nach Tokio, es ist ausgemacht, ich will Isozaki nicht enttäuschen. Professor Breg sagt, Isozaki überlebt auch ohne mein Praktikum. Berthold macht Pläne, es ärgert ihn, dass ich nach draußen gehe, um zu rauchen. Er hat Kollegen zum Essen eingeladen, es ist ein netter Abend, wir lachen viel. Mein Nein zum Wunsch nach einem zweiten Kind überrascht ihn, weil es so hart klingt, er wirkt geschockt. Im Büro telefoniere ich nach Aufträgen, mir ist nicht gut, ich fühle mich schwindlig, beinah kippe ich vom Stuhl, ich muss Halt suchen. Das Foto zusammen mit Corinna nach dem Match, wir sind zwölf. Am Telefon wird mir mitgeteilt, Corinna ist von einem Auto überfahren worden, auf dem Gehweg, sie ist sofort tot. Berthold schaut mich entgeistert an und fragt, ob ich noch ganz richtig sei im Kopf. Im Büro ohrfeige ich mich, um wach zu werden. Der Schulfreund ist jetzt Professor geworden. Stefanie macht als Meeresbiologin Forschungsfahrten auf allen sieben Meeren. Kurz vor der Tankstelle denke ich, wie es wäre, nicht mehr zurückzukommen. Berthold fragt am Esstisch, wieso ich jetzt noch nach oben muss, ob das nicht Zeit hat bis morgen. Ich stehe mitten in der Nacht auf der Straße und gehe zum Bahnhof. Im Büro ist der Rauch manchmal unerträglich, Sandra kommt mich nie besuchen, weil sie es eklig findet. Die schwarze Wolke um mich, so viel. Ich habe ihn nicht kommen sehen, ich habe ihn einfach nicht kommen sehen. Es tut mir leid, Shelly, es tut mir so leid. Shelly.

Los Angeles, Februar

Ich dachte an unseren kleinen Wurm, wir hatten ihn Jakob genannt. Er war jetzt knapp sechs Monate alt und gesund, jedenfalls hatte man bei den üblichen Untersuchungen nichts Außergewöhnliches festgestellt. Alles schien in Ordnung zu sein, was Anne und mich natürlich beruhigte.

Ich fand nicht, dass dieser Säugling schon etwas mit einem Jakob zu tun hatte, dafür fehlte ihm einfach die Persönlichkeit. Er lachte zurück, wenn man ihn anlachte, aber es war ein Reflex, er hätte jeden Menschen auf der Welt angelacht.

Vor meiner Abreise machten wir einen Spaziergang durch den Wald, er lag in seinem Wagen und schaute zum Himmel, sah die Bäume und lachte sie genauso an wie mich, ich konnte keinen Unterschied erkennen. Würde ich durch jemand anderen ersetzt werden, der genau dasselbe machte wie ich und sich um ihn kümmerte, liebevoll, hingebungsvoll, ihn anlachte, dann würde er den Austausch bedenkenlos hinnehmen, das wäre ihm völlig gleichgültig, ich wäre schneller vergessen, als ich denken könnte. Für ihn ging es darum, Liebe und Nahrung zu bekommen, wer ihm dies gab, spielte keine Rolle. Ich war mir nicht sicher, ob es sich mit Anne gleich verhielt, irgendwie hing ich noch dieser romantischen Vorstellung an, es bestehe eine besondere Bindung zwischen Mutter und Kind, wegen der Schwangerschaft, das Kind im eigenen Leib, aber es würde mich nicht überraschen, wenn Anne genauso austauschbar wäre wie ich. Die Bindung bestand vielleicht gerade nicht von Anfang an, sondern wuchs durch die Versorgung.

Ich freute mich auf das Alter, wenn Jakob zwei oder drei Jahre alt wäre, lieber noch vier, wenn man sich mit ihm unterhalten konnte und ein Feedback bekam, das über Reflexe hinausging, wenn man merkte, da ist ein Hirn, das denkt und eigene Ansichten entstehen lässt. Dieses Säuglingsalter war nicht mein Fall, das hilflose Etwas, jede Drehung im Bettchen ein quälender Kraftakt, dieses sich Winden oder einfach nur daliegen und Nahrung verarbeiten.

Die Stewardess parkte ihren Getränkekarren neben unserer Sitzreihe und fragte, was ich trinken wolle. Ich nahm ein Bier, auch, um später besser schlafen zu können.

Ich befand mich auf dem Rückflug von Los Angeles nach Berlin.

Die Geburt hätte ich am liebsten aus meiner Erinnerung gelöscht. Weder Anne noch ich hatten mit dieser Dramatik gerechnet, mir wurde immer noch schlecht, wenn ich daran dachte. Wir planten eine Wassergeburt, ein Krankenhaus war schon ausgesucht, wo alles entspannt ablaufen sollte, harmonisch, mit lächelnden Hebammen, bunten Gebärsälen, Spielzeug und überall Fotos von glücklichen Müttern mit ihren Säuglingen. Eine schöne Erfahrung würde das werden, versicherte man uns. Als die Wehen einsetzten, fuhr ich Anne ins Krankenhaus, wir kamen in das Geburtszimmer, wo schon alles vorbereitet war, und dann warteten wir eben. Die Wehen nahmen zu, die Abstände wurden kürzer, Anne setzte sich in dieses Becken, doch dann wollte das Kind einfach nicht kommen, trotz der mittlerweile heftigen Wehen. Anne presste, die Hebamme forderte auf, noch stärker zu pressen, aber es rührte sich nichts, dabei schien die Lage des Kindes normal, man hatte noch mals Ultraschall gemacht. Es dauerte ewig, Anne presste und presste, endlich kam das Kind ein Stück voran, aber dann war es, als bliebe es stecken und bewegte sich keinen Zentimeter mehr weiter. Sicherheitshalber wurde ein Arzt geholt, die Hebamme sagte, Anne solle weiterpressen, aber sie war erschöpft und hatte keine Kraft mehr, das spürte ich an ihren Händen. Der Arzt kam, die Hebamme schilderte die Situation, die Stimmung plötzlich mit einem Schlag ernst, das Kind musste jetzt heraus, man hatte Angst wegen Nabelschnurverwicklungen. Schwestern wurden angefordert, die Wassergeburt abgebrochen, Anne auf eine Trage gelegt und in einen anderen Raum gefahren. Wieder sagte die Hebamme, dass Anne pressen müsse, diesmal eher im Befehlston, aber Anne konnte einfach nicht mehr. Der Arzt kam mit der Saugglocke und versuchte, am Kopf des Kindes anzusetzen, was schwierig war, ganz zu schweigen davon, dass mir die Saugglocke viel zu groß erschien. Es wurde rumhantiert, ich konnte kaum hinsehen, stand sowieso die ganze Zeit wie ein Idiot da, hielt Händchen und redete Anne gut zu, während es blutig wurde. Das Kind kam, es klappte, Arzt und Hebamme beruhigten, alles schien gut zu werden, aber das viele Blut machte mir Sorgen, Anne schien durch die Glocke völlig zerfleddert zu werden. Plötzlich hielt die Hebamme das Neugeborene in den Armen, etwas bläulich blutig Käsiges, das dann auch schrie, mehr ein Krächzen, trotzdem waren alle sichtbar erleichtert, auch Anne lächelte mit schweißnassen Haaren, während ihr die Hebamme das Kind auf die Brust legte. Ich lächelte auch, aber mir tat in diesem Augenblick vor allem Anne leid, die genäht werden musste, woran unser Sohn schuld war, der ein Gemetzel angerichtet hatte, was vielleicht übertrieben ist, aber mir kam es so vor. In den Vorbereitungskursen hieß es immer, eine Geburt sei ein unglaublich berührendes Ereignis, etwas, das man nie mehr vergäße, weder die Frau noch der Mann, wenn man das neue Leben sehe, in den Händen halte, diesen Geruch von Neugeborenen rieche. Für mich hatte es, ehrlich gesagt, wenig Berührendes, nichts Zartes oder Weiches, ich hatte vor allem blutige Bilder im Kopf, wenn ich daran dachte, und war einfach nur froh, dass alles ein gutes Ende genommen hatte.

Der Pilot machte die übliche Ansage, Reiseflughöhe, Position, weitere Flugstrecke. Momentan befänden wir uns an der Grenze zu Kanada, es ginge dann über Ontario und Neufundland weiter Richtung Atlantik.

Von Maren hatte ich nie mehr etwas gehört. Ich bedauerte es, irgendwie hätte es mich schon interessiert, wie es ihr ging und wo sie mittlerweile war, immer noch auf Djerba oder vielleicht am Roten Meer oder auf Tahiti oder in der Karibik. Aber ich unternahm nie den Schritt, mich nach ihr zu erkundigen. Da Berthold nicht mehr zum Pilates kam, hatte Anne den Kontakt zu ihm ebenfalls verloren. Wir überlegten, ob wir uns mit ihm in Verbindung setzen sollten, aber wir wollten nicht aufdringlich sein und kamen zu dem Schluss, es sei besser, ihm zu überlassen, ob er sich bei uns melden wollte.

Vor ein paar Monaten sind wir in unser Haus in Kreuzberg eingezogen und leben dort als Familie. Ich bin nicht unglücklich, natürlich nicht, aber ich bin auch nicht wirklich glücklich, ich fühle mich so, als lebe ich, wie man eben lebt. Ich habe nicht den Eindruck, dass dieses Leben genau das ist, was ich will, doch ich weiß, es gibt kein anderes. Vielleicht erwarte ich einfach nur zu viel.

Das Verhältnis zu unseren Nachbarn hat sich wie erwartet entwickelt, die Streitereien während der Bauphase hinterließen ihre Spuren. Zu den meisten ist unser Verhältnis distanziert, man grüßt sich, mehr nicht. Gemeinsame Grillfeste, wie anfangs noch begeistert geplant, gibt es keine, was niemand bedauert. Der Projektsteuerer ist für mich Luft, ich schaue durch ihn hindurch, wenn er mir über den Weg läuft, und so wie mir geht es den meisten, zumindest in diesem Punkt sind wir solidarisch. Wie er das aushält, weiß ich nicht, aber es interessiert mich auch nicht.

Und sonst? Der Tod meines Vaters vor vier Monaten, mit dreiundachtzig. Klar wollte ich nicht zur Beerdigung, was Anne kaum überraschen konnte. Mich wunderte, dass sie es trotzdem nicht akzeptierte. Das könne ich meiner Mutter nicht antun. Ich zuckte mit den Schultern und fragte mich, weshalb nicht. Als ob man mich immer noch zwingen konnte, mit fünfundvierzig. Was sollte ich bei dieser Beerdigung, ich konnte mit diesem letzten Geleit einfach nichts anfangen. Mir wurde schlecht bei dem Gedanken, im schwarzen Anzug mit schwarzer Krawatte auf dem Wedeler Friedhof am offenen Grab zu stehen. Ich wusste doch, wie es werden würde, in diesem Haus, umgeben von diesem Rasen und den Büschen, meine Mutter mit rotgeweinten Augen, irgendwelche Verwandten, mit denen ich nichts zu tun hatte, die ich alle paar Jahre mal sah, mit denen ich nichts zu reden wusste. Alle in düsterer Stimmung, den Blick gesenkt. Warum sollte ich mir das antun, davon wurde niemand mehr lebendig. Gemeinsame Fahrt zum Friedhof, Zeremonie natürlich von einem Pfarrer durchgeführt, ich sah nicht ein, wieso ich dastehen und heucheln sollte, wem nützte das. Irgendwann Fahrt in die *Rose*, die es immer noch gab, seit gefühlten fünfhundert Jahren, wo wir früher ab und zu sonntags zu Mittag aßen. Leichenschmaus im Nebensaal an einem u-förmigen Tisch, gedeckt mit weißem Tuch. Später Rückfahrt in dieses Haus, wo ich die ganze Zeit darüber nachdenken würde, wann ich zum Aufbruch drängen könnte, während sich Anne mit meiner Mutter unterhielt. Wozu das alles? Es hatte einfach keinen Sinn.

Anne sagte, ich solle mich zusammenreißen.

Am Tag vor der Fahrt überlegte ich, eine plötzliche Grippe vorzutäuschen. Mein Kopf sei benebelt, die Glieder wie Blei, unmöglich könne ich zur Beerdigung. Leider. Anne solle alle schön grüßen.

Natürlich versuchte ich es erst gar nicht, Anne hätte mich sofort durchschaut. Wir fuhren also, und es war genau so, wie ich es mir vorgestellt hatte. Meine Mutter empfing uns mit diesem Katastrophengesicht und sagte zu Anne, was er für eine Riesenlücke hinterlasse.

Ich überlegte die ganze Zeit, wieso ich es eigentlich mitmachte.

Übernachtung schloss ich kategorisch aus, mit solcher Bestimmtheit, dass weder Anne noch meine Mutter etwas dagegen zu sagen wagten, obwohl meiner Mutter viel daran gelegen hätte.

Eine Überraschung war dann der Trompetenspieler, von dem ich nichts wusste, natürlich nicht. Meine Mutter musste mich schließlich nicht um Erlaubnis fragen, wenn sie den letzten Wunsch meines Vaters erfüllte. Wir standen am Grab, alles totenstill, er setzte an und spielte *What a wonderful world*, was sich mein Vater offenbar irgendwann mal gewünscht hatte. Dies war der einzige Moment, wo ich es nicht bereute, dabei zu sein, ich musste mich sogar ziemlich zusammennehmen, nicht zu grinsen. Es war grotesk, aber großartig.

Dass ich bei der Oscar-Verleihung war, hatte ich dem deutschen Beitrag zu verdanken, dem gute Chancen eingeräumt wurden, bester fremdsprachiger Film zu werden. Hätte es geklappt, wäre eine Reportage vor Ort mit Fotos und Interviews natürlich reizvoll gewesen, schließlich hatten sich alle maßgeblich Beteiligten versammelt. Letztlich aber schauten sie in die Röhre, ein japanischer Film machte das Rennen, den ich furchtbar kitschig fand.

Die Hälfte der Reisekosten musste ich selber tragen. Mein Redakteur sagte, schon die Übernahme von fünfzig Prozent durch die Zeitung sei das Höchste der Gefühle. Ich nickte es ab, weil ich wenigstens ein Mal bei dieser Verleihung dabei sein wollte.

Es war dann genau so, wie man es aus dem Fernsehen kannte. Geschniegelt und gestriegelt saß ich wie alle anderen auch im ausverkauften Saal und genoss meine Wichtigkeit, es war idiotisch.

Schön dagegen die Einladung in diese Villa in Santa Monica, Ort des deutsch-amerikanischen Künstleraustauschs. Legendär der alljährliche Empfang anlässlich der Oscar-Verleihung.

Ich stand auf frischgemähtem Rasen unter einem vollkommen blauen Himmel, aß ein Lachsschnittchen und unterhielt mich mit Georg, der – ein unglaublicher Zufall – auch bei der Verleihung dabei war.

Er fand den japanischen Film großartig.

Mittlerweile Ansprache des deutschen Botschafters.

Ich fragte Georg nach seinen Orgien.

Er grinste. Noch in Berlin hatte er mir berichtet, dass er früher anreisen würde, um zwei Tage in diesem Institut zu verbringen, von dem er schon so viel gehört habe, zwischen L.A.

und Frisco, direkt an der Steilküste, in der Gegend des Big Sur. Ganzheitliches Leben werde dort praktiziert, Yoga, Tanz, Meditation, gemeinsames Essen aus eigenem Anbau, alles natürlich bio, das Ganze ein bisschen spirituell, aber toll. Aufenthalt möglich von einem Tag bis zu einem halben Jahr, je nach Geldbeutel, billig sei es nicht.

Ganz großartig sei es gewesen, sagte Georg und schwärmte von Massagen, Badehaus und Whirlpool im Fels unter freiem Himmel mit Blick auf den Pazifik.

Ob denn nun wirklich alle nackt da dringesessen hätten, fragte ich.

Klar, sagte Georg.

Ich bereute es jetzt doch, nicht mitgekommen zu sein, er hatte mich vorher gefragt. Vielleicht kam mir deshalb spontan die Idee, den Rückflug zu verschieben und mit einem Mietwagen die Küste ein Stück entlangzufahren, wenn ich schon mal in Kalifornien war. Keine Ahnung, ob ich da jemals wieder hinkommen würde.

Ich fragte ihn, ob er Lust hätte mitzukommen.

Georg schaute mich überrascht an und lachte. Das klinge reizvoll, sagte er, sei aber ganz und gar unmöglich. Er habe im Anschluss Termine in Deutschland, die er nicht verlegen könne, deshalb sei er ja extra ein paar Tage früher angereist.

Der Botschafter sprach immer noch.

Georg sagte, ich solle doch alleine fahren.

Als ich später vom Hotel aus mit Anne telefonierte, fragte ich ganz harmlos, wie es ihr ging, wie unserem Sohn. Meine scherzhafte Frage, wie sie ohne mich überhaupt klarkämen, ging unter in spontanem Weinen, weil ein Schnuller aus dem Mund gefallen war. Ich hörte Anne trösten. Nachdem sie wieder Zeit für mich hatte, erwähnte ich, den Rückflug zu verschieben, weil ich unbedingt etwas machen wolle, ein Kindheitstraum, schon immer, die Fahrt am Pazifik entlang, ein paar Tage, ob sie damit einverstanden sei?

Stille in der Leitung. Dann ihre Frage, wieso ich erst jetzt auf diese Idee komme, wo es so lange schon ein Traum von mir gewesen sei, das hätte mir doch auch vorher einfallen können.

Ich sagte, ich wisse es nicht.

Anne sagte, sie hasse dieses ständige Umdisponieren bei mir.

Es sei ja nur eine Idee gewesen, sagte ich, kein Grund sich aufzuregen.

Sie wisse wirklich nicht, was manchmal mit mir los sei.

Schon gut, sagte ich, dann würde ich eben nicht fahren, Georg habe ja auch keine Zeit.

Wegen ihr könne ich ruhig fahren, sagte Anne.

Nein, sagte ich, kein Problem.

Es sei ihr egal, sagte Anne.

Nein, sagte ich, alles o.k., wirklich.

Nachdem wir aufgelegt hatten, dachte ich darüber nach und fand, dass Anne völlig recht hatte. Ich hätte doch genauso wie Georg Schwierigkeiten gehabt, Termine umzulegen. Mein Redakteur wäre aus allen Wolken gefallen, wahrscheinlich hätte er mich für verrückt gehalten. Womöglich hätte ich sogar meine Position gefährdet, gut angekommen wäre die Aktion sicher nicht. Ich konnte froh sein, dass mich Anne davon abgebracht hatte. Klar wäre ich gern gefahren, aber es war einfach nicht möglich.

Die Stewardess räumte unsere vollgemüllten Tabletts ab.

Wir befanden uns über dem Atlantik, ich war todmüde.

Es machte mir nichts aus, als es losging.

Bis zu diesem Zeitpunkt war alles vollkommen problemlos gelaufen, ein Flug wie auf Schienen, dann plötzlich dieser laute dumpfe Schlag, und noch während ich versuchte, den Schlag einzuordnen, drehte sich das Flugzeug auf den Rücken. Die Drehung folgte unmittelbar, ich hatte noch nicht mal Zeit, zu meinem Sitznachbarn zu schauen, um zu fragen, woher dieser Schlag gekommen war, es ging rasend schnell.

Wir hingen kopfüber, festgeschnallt in unseren Sitzen.

Ich dachte an mein Buch.

Sofort Geschrei und Panik, während wir mit aufheulenden Triebwerken Kurs auf den Boden nahmen. Die Stewardessen lagen auf dem Kabinendach, zusammen mit einigen Passagieren, jemand war von einem Getränkekarren eingequetscht. Eine Stewardess schrie etwas von Notlandeposition und dass wir sie einnehmen sollten, was mir lächerlich schien, in unserer Lage. Ich fragte mich, ob ich nicht auch lieber auf dem Kabinendach liegen würde.

Das Blut schoss mir in den Kopf.

Ein Gefühl, als fielen wir wie ein Stein vom Himmel.

Ich war, wie gesagt, merkwürdig ruhig. Beinah hätte ich zur Zeitung gegriffen, die vor mir in dem Fach verstaut war, und kopfüber noch den Artikel über Djokovic fertig gelesen, der in Dubai gewonnen hatte, während um mich herum das nackte Chaos herrschte. *Flight* fiel mir ein, wo der Pilot die Maschine absichtlich auf den Rücken dreht, um den Absturz zu vermeiden, dann wieder retour, und der gefeierte Held ist, zunächst wenigstens. Hollywood eben. Dreht sich ein Passagierflugzeug auf den Rücken, ist es vorbei, daran hatte ich auch in unserem Fall keinen Zweifel. Die Fluglage durchaus stabil, nur eben nach unten stürzend und auf dem Rücken, wobei unser Winkel zum Boden immer stumpfer wurde, wir stürzten allmählich fast senkrecht ab. Die Leute auf dem Kabinendach kullerten nach vorne und blieben als Knäuel liegen. Es gab keine Rettung, darüber war ich mir völlig klar. Das Geschrei hatte nachgelassen, den anderen wurde wohl ebenfalls bewusst, was die Stunde geschlagen hatte und dass es sinnlos war, herumzukreischen. Trotzdem schrien vereinzelt noch welche. Ich überlegte, ob ich etwas für Anne notieren sollte. Die Triebwerke heulten auf Vollgas, ich wusste nicht, warum, demnächst würden wir auseinanderbrechen, noch bevor wir den Boden erreichten, was mir eigentlich lieber war, als beim Aufprall dematerialisiert zu werden. Der Lärm unerträglich, jetzt nahm das Schreien wieder zu, ich fragte mich, wie lange es noch dauerte, und schätzte, weniger als eine Minute. Mein Leben als Film spulte sich nicht vor mir ab, was mich enttäuschte. Ich hätte ihn gerne gesehen, ehrlich gesagt, aber es gab keine solche Vorführung. Diese Geschichten von Filmen und gleißenden Lichtern waren gelogen, jedenfalls sah ich überhaupt nichts, weder Film noch Licht, aber vielleicht kam das Licht ja auch noch. Für den Film wurde es sowieso allmählich zu spät, ich schätzte die verbleibende Zeit auf wenige Sekunden. *American Beauty* dachte ich und hörte Annie Lennox, *Don't let it bring you down*, ich hörte sie tatsächlich, eine großartige Stelle in dem Film, auch wenn mir jetzt nicht klar war, wie ich mit dem Text umgehen sollte, aber im selben Moment wurde es mir abgenommen, weiter darüber nachzudenken.

Jemand drehte den Ton ab und knipste das Licht aus.

Das war alles.

Ich sah das Gesicht meines Sitznachbarn, feist, rund, mit rosigen Bäckchen, das mich anlächelte, sehr nett anlächelte, diesen merkwürdig kleinen Mund, der sagte, es tue ihm sehr leid, er habe mich nicht aufwecken wollen, aber er müsse ganz dringend zur Toilette, es tue ihm sehr leid, wirklich.

Ich hantierte verwirrt an meinem Gurt.

Wir waren noch immer über dem Atlantik.